LES

AMOURS D'AURORE

I

LES PENSIONNAIRES DE Mme COCLÈS

Poissy. — Typ. S. Lejay et Cie.

LES AMOURS

D'AURORE

PAR

PONSON DU TERRAIL

I

LES PENSIONNAIRES DE Mme COCLÈS

DEUXIÈME ÉDITION

PARIS

E. DENTU, ÉDITEUR

LIBRAIRE DE LA SOCIÉTÉ DES GENS DE LETTRES

PALAIS-ROYAL, 15, 17 ET 19, GALERIE D'ORLÉANS

1877

LES

AMOURS D'AURORE

I

Le soir approchait

Un soir de janvier, triste, brumeux et froid.

Pendant les quelques heures qui composaient le
jour, une bise aiguë avait chassé dans le ciel de lourds
nuages d'un gris sombre.

Les arbres n'avaient pas une feuille. Le sol était
couvert de givre, et la désolation de l'hiver s'étendait
sur les champs avec sa morne majesté.

Un homme et deux femmes cheminaient cependant
sur la route d'Étampes à Paris, et, après avoir dépassé
Montlhéry depuis longtemps, étaient tout à l'heure
aux portes d'Antony, un village coquet pendant les
beaux jours, affreux en hiver, comme tous les envi-

rons de Paris du reste, qui ayant toutes les grâces mignardes de la villégiature, manquent essentielle-ment de la solennelle grandeur que la vraie campagne retrouve sous sa robe de neige et son ciel de frimas.

L'homme était un tout jeune homme.

Les deux femmes, deux jeunes femmes, ou même deux jeunes filles.

Tous trois cheminaient gaillardement, chaussés de bons sabots, vêtus comme les paysans, le visage bleui par le froid.

Pourtant ils avaient fait une longue route et mar-chaient sans doute depuis plusieurs jours, à voir la poussière qui couvrait leurs vêtements.

Plusieurs fois dans la journée, le jeune homme avait jeté sur ses deux compagnes un regard plein de tendresse respectueuse et de compassion.

Plusieurs fois, quand un village apparaissait dans le lointain ou qu'une maison blanchissait sur la route, leur avait-il dit :

— Nous allons nous arrêter ici.

Mais le village atteint, au seuil de la maison, voyant de mauvais visages, des gens à l'œil soupçonneux, il ajoutait :

— Marchons encore !

Et tous trois continuaient leur chemin, lui soupi-rant, elles pleines de courage et de vaillance.

Ah ! c'est qu'on était alors en un rude temps.

Le frère ne se fiait pas à son frère; l'ami ne croyait plus à l'amitié, et le père se défiait de son fils.

L'orage qui, au début de ce récit, grondait au lointain, avait éclaté maintenant, et le ciel était plein d'éclairs, la tempête de 93 était dans toute sa véhémence.

Noblesse, clergé, haute bourgeoisie avaient été emportés dans la tourmente comme ces feuilles d'automne que roule l'aile du vent.

On avait brûlé les châteaux, guillotiné les châtelains, guillotiné les prêtres aussi, et fermé leurs églises.

Du pieux couvent de la Cour-Dieu il ne restait que des ruines, et du château de Beaurepaire et de la maison de chasse, où jadis trônait la belle Aurore, des ruines aussi.

De ces trois voyageurs qui bravaient la froidure, la longueur de la marche et les privations du voyage, l'un, vous l'avez deviné peut-être, était cet enfant plein de courage qu'on appelait Benoît le bossu.

Les deux femmes qui le suivaient se nommaient Aurore et Jeanne.

Aurore, la belle chasseresse, la cousine du comte Hector.

Jeanne, la pupille des bons moines, l'enfant d'adoption de Dagobert, le dernier forgeron de la Cour-Dieu.

Mais qu'étaient devenus les autres personnages de ce récit?

D'abord le chevalier des Mazures avait disparu, cette même nuit où Toinon se sauvait, emportant le coffret qui renfermait toute la fortune de la fille de Gretchen.

Qu'était-il devenu?

Nul ne le savait, pas même sa fille Aurore.

En revanche, on savait comment la comtesse des Mazures avait fini.

Le lendemain de la fuite de Toinon, on avait trouvé la comtesse dans son lit, percée de cinq coups de poignard et baignant dans une mare de sang.

Elle était morte sans avoir poussé un cri ou du moins sans avoir été entendue.

Comme on avait retrouvé le poignard qui avait servi à l'accomplissement du crime et que ce poignard appartenait à la comtesse, qu'en outre du coffret, Toinon ne s'était nullement privée de faire main-basse sur les diamants et tout l'argent qu'elle avait pu trouver, ce ne fut un doute pour personne qu'elle avait assassiné sa maîtresse.

Mais nul ne songea à lui donner le chevalier pour complice.

Hector était revenu à la suite de ce terrible événement.

Mais il n'avait songé à revoir ni Jeanne, ni la comtesse Aurore.

Il avait vendu le château de Beaurepaire, liquidé sa fortune, et il était reparti.

Selon les uns, il était retourné à Paris.

Selon d'autres, il avait pris passage sur un navire qui faisait voile vers l'Amérique.

Cela se passait en 1788.

L'année suivante, l'orage éclata, et la monarchie constitutionnelle remplaça la monarchie absolue.

Cependant Aurore et Jeanne vivaient tranquilles, dans leur petit manoir, sous la protection du vieux dom Jérôme.

Quand le peuple se porta à la Cour-Dieu et ouvrit les portes du couvent, les bons moines s'en allèrent en pleurant, et chacun d'eux se réfugia, qui chez un parent, qui chez un ami.

Dom Jérôme était allé se réfugier chez Aurore.

Un autre personnage encore avait abandonné ses dieux lares et la maison où il était né.

Mais ce n'était pas la peur de la Révolution qui le menait, celui-là.

Enfant du peuple, qu'avait-il à craindre de la colère du peuple?

Peut-être avait-il obéi à quelque terrible et pesant chagrin.

Peut-être s'était-il donné quelque tâche mystérieuse
à accomplir.

Celui-là, c'était Dagobert le forgeron.

Au premier bruit du clairon, quand on avait pro-
clamé *la patrie en danger*, Dagobert était allé s'enrôler
sous les drapeaux de la République, disant : — Je
mourrai ou je serai général un jour !

Enfin la tempête était devenue si forte, qu'il n'y
avait plus eu de sûreté, même pour ce vieux prêtre
qui vivait auprès des deux jeunes filles, dont il était
maintenant le seul protecteur.

Une nuit, les municipaux se présentèrent; ils venaient chercher dom Jérôme.

Où le conduiraient-ils ? Ils ne le dirent point. Mais
il était probable qu'il ferait partie de la prochaine
fournée de prêtres qu'on enverrait à la guillotine.

Avant de les suivre, le vieillard donna sa bénédic-
tion aux deux jeunes filles; mais, avisant auprès
d'elles Benoît le bossu qui pleurait, il lui dit :

— Tu es un pauvre être chétif et dépourvu d'in-
struction, mais tu es un brave cœur, dévoué; défends-
les et meurs pour elles au besoin...

.   .   .   .

Et c'était pour cela que le lendemain du jour où
on avait emmené le vieux prêtre, Benoît et les deux
jeunes filles étaient partis.

Ils s'en allaient à Paris, car si c'était de Paris

qu'était parti l'ouragan, c'était encore à Paris que les deux pauvres aristocrates se cacheraient plus sûrement.

Vêtues en paysannes, les deux jeunes filles passaient pour les sœurs du bossu.

Tant qu'ils avaient traversé l'Orléanais, les pays de forêt, les plaines fertiles du Gâtinais et de la Beauce, évitant les gros bourgs et les villes, ils n'avaient couru aucun danger. Mais, à présent qu'ils approchaient de Paris, Benoît se montrait plus inquiet, et partant plus prudent.

Il avait un gros bâton sur l'épaule, et, au bout de ce bâton, un petit paquet de hardes; mais, si besoin en était, le paquet tomberait et le bâton deviendrait une arme.

En outre, sous sa blouse, il avait caché deux pistolets, et il portait autour des reins une ceinture de cuir pleine d'or.

Ils venaient donc d'arriver aux portes d'Antony quand Benoît s'arrêta.

— Voilà, dit-il, un pays qui ne me convient guère.

— Jeanne est pourtant bien lasse, dit Aurore

— Oh! je marcherai encore, répondit Jeanne

— Si nous passions à côté? dit Benoît.

— Et puis, fit Aurore, ne faudra-t-il pas toujours nous arrêter?

— Sans doute. Mais nous trouverons peut-être,

répondit Benoît, une maison qui aura l'air plus honnête que toutes celles que nous voyons là.

— Comme tu voudras, répondit Aurore avec un
soupir.

Ils firent un long détour dans les champs, abandon-
nant la grand'route qui passait tout au milieu du
pays, et ils ne la rejoignirent qu'à un quart de lieue
plus loin.

— Je crois bien, murmura alors Benoît, que voilà
notre affaire, demoiselles.

Et il étendait la main et montrait une petite mai-
sonnette blanche, au bord du chemin.

Au-dessus de la porte, la bise secouait la tradi-
tionnelle branche de houx, et comme si cette branche
n'eût pas été assez significative, on avait écrit au-
dessous :

Au rendez-vous des bons patriotes.
On loge à pied.

Une vieille femme à l'air avenant était assise sur
le seuil et paraissait se soucier fort peu du froid.

Benoît prit son air le plus naïf.

— Hé! bonne mère, dit-il, ça coûte-t-il bien cher
pour manger une écuelle de soupe et boire un coup
chez vous?

La vieille regarda le brave garçon et les deux jeunes filles.

— Vous n'avez pas l'air lotis d'argent, mes agneaux! dit-elle.

— Le fait est, répondit Benoît, que nous n'en avons pas beaucoup, mes sœurs et moi.

— Ah! ce sont tes sœurs, ces jolies petites chattes? dit la vieille.

— Oui, bonne mère.

— Pauvres mignonnes! Elles ont l'air transi, et, de fait, il ne fait pas chaud. Entrez donc, mes enfants, vous mangerez, vous vous chaufferez, et vous donnerez ce que vous pourrez...

— Vous êtes une brave citoyenne, dit Benoît.

La vieille se mit à rire.

— C'est pourtant vrai, dit-elle, que maintenant que tout est changé, on m'appelle citoyenne. C'est mon homme qui le veut comme ça... il est un peu fou, mon homme!

Elle s'effaça pour laisser libre le seuil de la porte, et Benoît entra, suivi des deux jeunes filles, dans le modeste cabaret.

II

Le *Rendez-vous des bons patriotes* était bien le plus modeste de tous les cabarets.

On y buvait de ce mauvais vin sans couleur que produisent les coteaux de Suresnes, d'Argenteuil et de Rueil ; on y mangeait de la viande coriace, et le voyageur qui y passait la nuit dormait sur un lit plus dur qu'un sac de noix.

Tout cela n'empêchait pas l'établissement d'être très-fréquenté, surtout les jours de décadi, et c'était bien un pur hasard que Benoît le bossu et ses deux compagnes n'y trouvassent personne. Il est vrai que le maître de l'établissement était absent, et quand le citoyen Horatius Coclès, qui se nommait autrefois Jean Bournel, n'était pas chez lui, les patriotes passaient leur chemin en murmurant que la citoyenne Coclès était une aristocrate.

Quand la Révolution était venue, le cabaret existait déjà. Seulement il avait une autre enseigne :

Au Faisan royal

Le citoyen Horatius Coclès, ancien cocher de la duchesse de Montbason, et sa femme, la femme de chambre de la duchesse de Villeroy, avaient bâti cette bicoque avec leurs petites économies.

Les piqueurs, les gardes-chasses, les ouvriers venaient s'y rafraîchir; parfois un gentilhomme, voyageant à cheval, ne dédaignait pas d'y faire donner l'avoine à sa monture.

Le *Faisan royal* était une gargotte, mais il y avait cependant, à l'occasion, un morceau de venaison dans le garde-manger, et quelques flacons de vieux vin au cellier.

89 avait changé tout cela.

Le faisan doré avait disparu de l'enseigne, et les bons patriotes, c'est-à-dire tous les chenapans des environs, étaient venus remplacer l'ancienne clientèle.

Maître Jean Bournel avait modifié son nom.

Comme il était borgne, il s'était intitulé Horatius Coclès de sa simple autorité, ce qui avait fait lever les épaules à Sébastienne-Angélique Michelin, sa légitime épouse, demeurée, au fond du cœur, fidèle à l'ordre de choses qu'on venait de renverser.

Horatius Coclès affectait un puritanisme farouche; et il était grand admirateur de ce vœu émis par un pur patriote que le boyau du dernier prêtre servît à étrangler le dernier roi.

Il avait parlé fort éloquemment au club de Fontenayaux-Roses; il était monté sur une borne à Palaiseau pour demander la tête des ministres et celle du roi; enfin, il avait donné de si belles preuves de civisme que l'autorité fermait les yeux sur les opinions réactionnaires de la citoyenne son épouse.

Malgré leur peu d'entente sur les questions politiques, le citoyen et la citoyenne Coclès s'entendaient à merveille; ils faisaient un excellent ménage et dressaient leur bilan chaque soir comme d'honnêtes commerçants pressés de s'enrichir, à la seule fin de ne plus travailler.

La bonne femme, qui était d'origine bourguignonne, avait la langue bien pendue; elle disait hautement et spirituellement sa manière de voir sur les hommes et sur les choses, et souvent on lui avait dit :

— Citoyenne, tu as une fière chance d'être la femme d'un aussi bon patriote que le citoyen Coclès, car sans cela tu perdrais vite le goût du pain.

La citoyenne Coclès haussait les épaules quand on lui disait cela et paraissait fort tranquille.

Et, de fait, le citoyen Coclès, son mari, avait souvent montré le poing, en disant :

— Ma femme n'est pas aussi bonne patriote que moi, c'est vrai, mais elle a d'autres qualités, et je défends qu'on y touche !

Coclès, du reste, était la terreur du pays.

Il allait à Paris tous les quatre ou cinq jours, ramenait avec lui des frères et amis qui faisaient grand tapage, chantaient le *Ça ira* et la *Marseillaise*, et avaient répandu une terreur profonde dans les villages environnants.

Comment cette femme qui regrettait tout haut la puissance royale et les aristocrates, et cet homme qui voulait exterminer tout ce qui de près ou de loin avait touché à l'ancien régime, s'entendaient-ils?

C'était là un mystère!

Le fait est qu'ils s'entendaient à merveille, et même on disait que Madeleine, — c'était le nom de madame Coclès, — était plus maîtresse que son mari.

Donc, à cette heure, le *Rendez-vous des bons patriotes* était désert.

Un maigre feu brûlait dans l'âtre, et sur ce feu chantait une petite marmite.

— Chauffez-vous donc, mes enfants, dit madame Coclès d'un ton affectueux. Si vous voulez seulement attendre un quart d'heure, la soupe sera cuite.

Aurore et Jeanne s'étaient approchées du feu avec avidité et exposaient à la flamme leurs mains bleuies par le froid.

Le front soucieux de Benoît s'était déridé

Depuis qu'ils étaient en route, ils n'avaient pas encore rencontré un visage plus avenant, ni une maison qui eût l'air plus honnête.

— Vous venez de loin? demanda madame Coclès, qui causait volontiers.

— De vingt-cinq lieues d'ici, en tirant sur Pithiviers, répondit Benoît.

— Et vous allez à Paris?

— Il faut bien gagner sa vie.

Madame Coclès secoua la tête.

— Prenez garde, mes mignonnes, dit-elle, d'aller faire à Paris tout autre chose.

— Quoi que vous dites, la mère? fit Benoît, qui prit son accent le plus naïf.

— On ne trouve guère de besogne à Paris. Depuis que le peuple est roi, il se sert lui-même, grommela madame Coclès.

Benoît la regarda d'un air ébahi.

— C'est donc tes sœurs, ces deux jolies petites? continua madame Coclès.

— Oui, la mère.

Et que comptez-vous faire à Paris? demanda encore l'hôtesse du *Rendez-vous des bons patriotes*.

— Moi, dit Aurore, je n'ai pas d'état. Je me ferai servante.

— Oh! oh!

— Mais ma sœur est couturière, et elle trouvera sans doute de l'ouvrage.

— Ouais! fit madame Coclès qui les regarda toutes deux du coin de l'œil, vous avez les mains bien petites.

mes poulettes, et bien blanches pour faire de gros ouvrages.

Benoît tressaillit, et quelques gouttes de sueur perlaient à son front.

Tout en causant, madame Coclès avait dressé la table, posé dessus des assiettes et des cuillères d'étain; puis elle avait décroché la marmite.

Mais Aurore et Jeanne n'avaient plus faim; la remarque faite par la bonne femme les avait quelque peu bouleversées.

La marmite renfermait des choux et un morceau de lard.

— Quand vous aurez mangé ça, mes enfants, reprit madame Coclès, vous aurez du cœur à l'estomac, et vous ferez d'un pas gaillard les quatre petites lieues qui vous séparent encore de Paris.

Benoît regarda tristement les deux jeunes filles d'abord, qui paraissaient exténuées; puis l'hôtesse, et il dit à cette dernière:

— Vous ne logez donc pas les voyageurs?

— Ça dépend, fit madame Coclès d'un ton de mystère.

— Mes sœurs sont bien lasses, reprit Benoît.

— Pauvres petites!

— Et quatre lieues! c'est long, savez-vous, la bonne mère?

Madame Coclès les regardait pareillement tour à tour.

— C'est que, dit-elle, avec un certain embarras, je n'ai qu'une chambre en haut et qu'un lit à donner.

— Ne vous inquiétez pas de moi, répondit Benoît; je coucherai bien sur cette chaise, moi.

— Et puis, dit encore madame Coclès, le citoyen Coclès, mon mari, est à Paris... Mais il reviendra cette nuit, et peut-être bien qu'il ne sera pas seul.

En parlant ainsi, la bonne femme jetait un regard furtif sur l'horloge de cuivre à fourreau de sapin, qui faisait tic-tac auprès de la porte.

Il était à peine sept heures du soir.

Alors elle parut avoir trouvé une solution à ce mystérieux problème qu'elle s'était posé quelques secondes auparavant:

— Ecoute-moi, mon garçon, dit-elle à Benoît, quand vous aurez soupé, je vous conduirai tous les trois là-haut. Tu t'arrangeras d'une chaise et tes sœurs coucheront sur le même lit. Mais, si vous m'en croyez, quand vous aurez dormi trois ou quatre heures, c'est-à-dire un peu avant minuit, vous vous en irez.

— Ah! fit Benoît qui était redevenu soucieux.

— Mon mari n'est pas un méchant homme, poursuivit madame Coclès; mais quand il est allé à Paris, il revient en pleine nuit, et presque toujours un peu chaviré. La moitié du temps il n'est pas seul, et il a un tas de tapageurs avec lui qui ne sont pas plus à jeun.

Aurore et Jeanne se regardaient avec un certain effroi.

Madame Coclès ajouta :

— Il est un peu fou, le brave homme, et il voit des aristocrates partout... Vous êtes de pauvres gens comme nous, mais ça ne fait rien. Quand il est *bu*, il prend tout le monde pour des *ci-devant*.

Malgré leur inquiétude, les deux jeunes filles qui ne mangeaient que du bout des dents tombaient de sommeil. Benoît reprit la parole :

— Je me suis laissé dire qu'on n'entrait pas aisément la nuit dans Paris ?

— Mais si, mais si, répondit madame Coclès. A la barrière il y a des municipaux qui dorment et qui ouvrent seulement un œil quand vous demandez à passer.

— Et la route d'ici Paris...

— Tout droit, mon garçon. D'ailleurs à minuit il fera clair de lune.

— Eh bien ! murmura Benoît, nous suivrons votre conseil, la mère. Quand nous aurons dormi une couple d'heures nous repartirons.

— Et vous ferez bien, mes enfants, fit la bonne femme, qui aspira bruyamment et parut soulagée d'un grand poids.

Mais il n'y avait pas dix minutes que madame

Coclès avait versé la soupe dans les assiettes, qu'une rumeur lointaine se fit entendre sur la route.

Aurore et Jeanne se regardèrent, agitées d'un vague pressentiment; Benoît fronça ses gros sourcils. Quant à madame Coclès, elle alla ouvrir la porte et regarda.

La nuit était venue, et la route était plongée dans les ténèbres.

Cependant la silhouette de plusieurs hommes apparut dans l'éloignement.

En même temps, des voix avinées se faisaient entendre, chantant en chœur ce hideux refrain :

> Ça ira! ça ira !
> Les aristocrat's à la lanterne!
> Ça ira ! ça ira !
> Les aristocrat's on les pendra !

— Bon ! dit madame Coclès, je n'ai pas de chance aujourd'hui. Il n'y a donc plus de vin à boire à Paris, que Coclès revient d'aussi bonne heure, et en belle compagnie encore !

Et elle jeta sur les deux jeunes filles et sur Benoît le bossu un regard plein d'inquiétude.

III

Au moment même, madame Coclès fut tentée
d'ouvrir une porte qui, se trouvant au fond de la salle
d'auberge, donnait sur le jardin et de là sur les
champs, et de dire à Benoît et au deux jeunes filles :

— Sauvez-vous !

Mais Coclès et ses compagnons étaient trop près de
la maison ; la table était couverte d'assiettes, et il eût
été impossible de dissimuler leur passage.

C'était donc fuir un danger pour tomber dans un pire.

Benoît avait passé sa main sous sa blouse et cares-
sait le pommeau de ses pistolets.

Aurore, qui était toujours la hardie amazone que
nous avons connue, avait échangé avec lui un regard
furtif et résolu qui voulait dire :

— Nous défendrons Jeanne jusqu'à la mort !

Mais l'inquiétude de madame Coclès eut la durée
d'un éclair.

— Soupez donc tranquillement, mes enfants, dit-
elle. Mon mari est un braillard, c'est vrai, et quand il

a bu, il fait grand tapage; mais c'est un bonhomme au fond.

Comme elle disait cela, le *Ça ira !* se fit entendre à la porte, et la bande avinée fit irruption dans l'auberge.

Le citoyen Coclès était accompagné de trois personnages qui, aussi bien que lui, méritent quelques lignes de silhouette.

Le citoyen Coclès était un homme de cinquante ans environ, et il était plus jeune que sa femme, qu'il avait épousée pour ses écus.

C'était un grand et robuste gaillard, aux cheveux roux, aux lèvres épaisses et bestiales, mais dont la physionomie n'avait rien de féroce, en dépit des airs de matamore qu'il prenait volontiers.

Ceux qui l'accompagnaient étaient trois jeunes gens, l'un très-grand, les deux autres petits.

Tous trois, vêtus de carmagnoles, portaient le bonnet phrygien que la République avait mis à la mode, et dont elle avait coiffé un jour le versatile roi Louis XVI.

Le grand se nommait Polyte.

Les deux autres étaient frères et s'appelaient les deux Verduron.

Ces trois chenapans étaient des enfants du faubourg Antoine et des vainqueurs de la Bastille.

Polyte passait ses soirées dans les clubs, ses matinées

à la place de la Révolution, où il envoyait des baisers à l'exécuteur, et le reste du temps dans les cabarets de la banlieue.

Les deux Verduron s'étaient affublés de noms romains, ni plus ni moins que Coclès; l'aîné, qui pouvait avoir vingt-cinq ans, se faisait appeler Brutus; le second, un pâle voyou de barrière, s'intitulait Scævola.

Il n'y avait que Polyte qui eût gardé son nom de faubourien.

Coclès aurait pu être leur père à tous trois, et on pouvait même jusqu'à un certain point s'étonner de l'intimité qui existait entre le quinquagénaire et ces jeunes gens.

Mais Coclès, dans son ardent amour de le république, proclamait que la jeunesse seule était généreuse, et que la nation ne pouvait s'appuyer que sur elle.

Dans un rayon de trois ou quatre lieues autour de Paris, Polyte et les deux Verduron répandaient une salutaire terreur.

Polyte se vantait d'être l'ami du bourreau.

Brutus Verduron disait à qui voulait l'entendre qu'il avait tué quatre prêtres à l'Abbaye; et Scævola, son digne frère, faisait métier de dénoncer les aristocrates à la haine des bons patriotes.

Un jour, ces trois garnements s'étaient présentés au cabaret de Coclès, qu'ils ne connaissaient pas alors, et comme la citoyenne Coclès voulait les jeter à la porte, ils l'avaient traitée d'aristocrate en lui disant :

— Nous allons te faire ton affaire, et tu verras que ce ne sera pas long !

Mais Coclès était intervenu.

Comme on le pense bien, il avait porté secours à sa femme, mis les trois vauriens en déroute à coups de poing ; puis, en vainqueur généreux, il leur avait offert la paix.

Un tonneau mis en perce avait opéré la réconciliation ; et depuis un mois que cet événement mémorable avait eu lieu, Coclès et ses nouveaux amis étaient devenus inséparables, et le cabaretier leur prouvait à toute heure du jour que la nation n'avait pas d'ami plus zélé que lui.

Et Coclès était si bonhomme que les trois chenapans avaient amnistié maman Coclès de ses opinions réactionnaires, et que Scævola Verduron avait juré qu'il ne la dénoncerait pas.

Tels étaient les personnages qui venaient d'entrer bruyamment dans le cabaret des bons patriotes.

La citoyenne Coclès n'avait eu que le temps de changer la chandelle de place.

Elle l'avait ôtée de dessus la table pour la mettre sur la cheminée, dont le manteau était assez élevé.

De cette façon, ses trois hôtes se trouvaient moins

éclairés, et la beauté des jeunes filles n'attirait pas les regards tout d'abord.

— Oh ! oh ! fit Coclès qui entra le premier, il y a de la compagnie chez moi.

Benoît porta gauchement la main à son bonnet.

— C'est de pauvres enfants qui mouraient de faim et de froid, dit madame Coclès, et qui se sont arrêtés pour manger un morceau.

— Eh ! eh ! ricana Polyte, je crois bien que le citoyen est bossu.

— Et une jolie bosse encore ! exclamèrent Brutus et Scævola Verduron.

Et tous trois se mirent à rire bruyamment.

Benoît ne se fâcha point.

— Excusez-moi, dit-il, n'y a pas de ma faute, et si je m'étais fait moi-même, je ne me serais rien épargné

Cette réponse lui valut une nouvelle hilarité et presque une ovation.

— Pas bête le bossu, dit Polyte.

En même temps, il regarda Aurore et Jeanne

— Eh! dit-il, voilà deux citoyennes qui ne sont pas déchirées !

Jeanne rougit jusqu'au blanc des yeux. Aurore demeura impassible.

— Un beau brin de fille ! dit l'aîné des Verduron.

— Vous n'êtes pas des aristocrates, au moins ! s'écria Scævola, car je vous dénoncerais.

Benoît le bossu se mit à rire.

— Des aristocrates, nous! tiens, citoyen, regarde-moi ça!

Et il retroussa les manches de sa blouse et montra son bras nu dont le cuir était tanné par le hâle des champs, et sa main énorme et calleuse.

— C'est-y des mains de marquis, ça? fit-il encore.

— A la bonne heure, camarade, dit Polyte, qui attachait sur Aurore un regard naïvement cynique, tu es un patriote, ça se voit.

— Je m'en vante, dit Benoît.

— Et d'où viens-tu ?

— Oh! nous venons de loin, mes sœurs et moi.

— Ah ! ces jolies citoyennes sont tes sœurs?

— Oui, dit Benoît.

— Oui, répétèrent Aurore et Jeanne.

— Alors, dit Brutus Verduron, vous n'êtes pas du même père, car tu ne me feras jamais croire, mon gaillard, que la citoyenne, ta mère, après avoir pondu un monstre comme toi, ait mis au monde ces deux jolies filles.

— On me l'a dit souvent, dit humblement Benoît, mais pourtant ce que je vous ai dit est la vérité.

— Ta parole!

— Oui, et je vais vous expliquer la chose, pour peu que vous me donniez un verre de vin.

Benoît fit clapper sa langue et tendit son verre.

Jusqu'alors les choses tournaient mieux que ne l'avait pensé d'abord la citoyenne Coclès.

D'abord, son mari était de bonne humeur, et les trois chenapans à qui elle s'était empressée d'apporter un broc de vin paraissaient disposés à se moquer du bossu, mais à ne le point chagriner.

Les quatre ivrognes s'étaient mis à table et buvaient.

— Tiens, mon garçon, dit Polyte, en remplissant le verre de Benoît, voilà de quoi te rafraîchir la langue.

Benoît vida son verre d'un trait.

— Faut vous dire que notre mère, fit-il, était née native de Fay-aux-Loges.

— Qu'est-ce que c'est que ça ?

— Notre pays.

— Et où est-il donc ce pays ?

— A un bout de chemin d'ici, tout proche de la Loire, répondit Benoît, et au bord de la forêt d'Orléans.

— Et c'est pour cela que tu es bossu ?

— Mais non, citoyen, dit Benoît qui se mit à tutoyer le grand Polyte, mais si tu ne me laisses pas finir, tu ne sauras point pourquoi je suis si laid et mes sœurs si jolies.

— Le fait est, reprit Brutus Verduron, qu'elles ne sont pas piquées des vers, les citoyennes !

Polyte lui jeta un regard de travers.

— Continue, dit-il à Benoit.

— Chacun gagne sa vie comme il peut, reprit le bossu. Ma mère allait voler du bois chez les aristocrates et mon père colletait leurs lapins.

— C'est bien ça, dit Scævola Verduron. Tu me plais, citoyen bossu.

Voilà que ma mère étant enceinte de moi fut prise en flagrant délit de maraude par Béquillet.

— Qu'est-ce encore que celui-là?

— Un garde qui était bossu comme moi.

— Ah! ah!

— Un méchant homme, allez! qui la soûla de coups de bâton, lui lia les mains et l'emmena chez le bailli, qui la fit mettre en prison, où elle accoucha de moi, qui me trouvais être tout le portrait de cet affreux Béquillet.

— Elle avait eu un regard, dit Polyte.

— Justement, fit Benoit.

— Et ton père?

— Il a été pendu comme braconnier.

— Scélérats d'aristocrates! s'écria Coclès.

— Et vous allez à Paris? dit Polyte.

— Oui. Je tâcherai de me placer comme homme de peine.

— Et tes sœurs?

— Il y en a une qui est couturière.

— Et l'autre ?

— Elle fera des ménages.

Sur cette réponse, Benoît avala un verre de vin ;
puis il dit à madame Coclès :

— Hé ! citoyenne, combien qu'on vous doit ?

En même temps il tira de sa poche une méchante
bourse en cuir dans laquelle il y avait une poignée
de gros sous.

— Rien du tout, répondit Coclès qui avait le vin
généreux : tu as l'air d'un bon patriote, mon garçon ;
garde ton argent et file !

— Bah ! dit Polyte, tu ne vas pas t'en aller ce soir,
bossu de mon cœur.

— Pourquoi donc ça ? fit Benoît, qui avait hâte
d'être, avec les deux jeunes filles, hors de cette maison.

— Mais parce qu'il est nuit.

— Bon ! ça me connaît. J'y vois comme les chats,
moi.

— Et puis, il fait froid.

— Nous marcherons d'un bon pas.

— Et puis, vous ne pourrez pas entrer dans Paris.
On n'ouvre les barrières que le matin.

— Mais non, dit madame Coclès, on ouvre toute la
nuit.

— Ça dépend comme les municipaux sont tournés,
dit Coclès à son tour. Mais pourquoi ne coucheraient-
ils pas ici, ces enfants ?

Et il regarda sa femme dont le visage exprima de nouveau l'inquiétude.

Quant à Benoît, il regardait Jeanne qui s'était levée et ne se soutenait qu'avec peine sur ses pauvres pieds endoloris.

IV

Aurore fit comme Benoît, elle regarda Jeanne, dont la lassitude était extrême.

— Couchez donc ici, mes enfants, dit Coclès de sa voix la plus engageante.

Mais Benoît hésitait encore et semblait avoir pris la résolution de porter Jeanne sur ses épaules au besoin.

La voix de Coclès avait sans doute des intonations mystérieuses dont sa femme avait la clé, car la citoyenne, inquiète une seconde auparavant, se décida soudain et dit aux jeunes filles :

— Mon mari a raison, mes enfants. Montez vous coucher dans la pièce dont je vous ai parlé, et dormez bien jusqu'à demain sans vous faire la moindre bile.

Benoît la regarda une seconde fois.

Madame Coclès avait un air tout à fait rassuré.

Les trois vauriens continuaient à boire, et paraissaient entrer dans cette béatitude extatique des ivrognes qui ont franchi le limite jusqu'à laquelle le vin est mauvais.

— Oui, mes enfants, reprit la citoyenne Coclès, et demain matin vous aurez une bonne aubaine, car je vais à Paris avec une petite charrette et mon bourricaud. En nous serrant un peu, les petites pourront monter avec moi. Quant à toi, mon garçon, tu as encore de bonnes jambes, pas vrai?

— Pour ça oui, dit Benoît.

La citoyenne Coclès alluma une autre chandelle et ajouta :

— Venez, je vas vous conduire.

A ce moment, Polyte leva la tête.

— Tu ne veux donc pas encore un verre de vin, .e bossu ? dit-il.

— Volontiers, dit Benoît.

Et il tendit son verre.

— Vous n'êtes pas des aristocrates, au moins? répéta Scævola, dont la langue s'épaississait de plus en plus.

— Aristocrate toi-même, dit Polyte.

Et il poussa le jeune Verduron qui perdit l'équilibre, tomba sous la table et se releva en maugréant.

Mais déjà Benoit, les deux jeunes filles et madame Coclès se dirigeaient vers une sorte d'échelle de meunier qui était dans le fond de la salle et qui servait d'escalier pour monter à l'étage supérieur.

Madame Coclès avait échangé un dernier regard avec son mari, et celui-ci, soulevant la trappe de la cave, dit :

— Je vais aller chercher encore un pichet. J'ai toujours soif, ce soir.

La chambre dont madame Coclès avait parlé était une sorte de vaste mansarde, invariablement garnie de deux grabats.

Une table et trois chaises complétaient ce chétif mobilier.

Madame Coclès posa la chandelle sur la table, puis elle dit aux deux jeunes filles et à Benoit :

— Nous vivons dans un mauvais temps, mes enfants, où il faut se méfier de tout le monde. Si mon mari avait été ivre, je ne vous aurais pas laissé entrevoir, car il a des chenapans avec lui qui sont capables de tout ; mais Coclès est un homme de parole, et il m'a fait signe qu'il n'y avait rien à craindre.

Et puis, c'est eux qui sont ivres, et avant un quart d'heure ils ronfleront sous ta table.

Couchez-vous donc, et ne craignez rien, que vous soyez ou non des aristocrates.

Aurore et Jeanne frissonnèrent.

La citoyenne Coclès reprit :

— Je n'aime pas la République, moi, et je ne m'en cache pas. Peut-être bien que mon mari ne l'aime pas non plus... mais il a si peur!...

Et elle eut un sourire plein de mépris à l'adresse du citoyen Coclès.

— Allons, bonne nuit, ajouta-t-elle. Demain, vous mangerez une bonne soupe avant de partir, et ces jolies petites feront le chemin en voiture.

— Vous êtes une bonne femme, citoyenne, dit Benoît, qui la remercia d'un regard.

La citoyenne Coclès s'en alla et tira la porte.

Alors Benoît et ses deux compagnes se regardèrent.

— Oh ! j'ai peur... murmura Jeanne.

— Non, dit Aurore, rassure-toi. Nous n'aurions à craindre que les trois hommes qui sont en bas, et, j'en suis bien certaine, la cabaretière et son mari nous protégeraient.

— Sans compter, dit Benoît, qu'on fait toujours assez bien ses affaires soi-même.

Ce disant il ouvrit sa blouse et montra la crosse de ses pistolets.

— Voilà pour les deux frères, au besoin, ajouta-t-il.

Puis il tira de sa poche un long couteau qu'il ouvrit :

— Et Janot se chargera bien du grand sec.

Janot était le nom que Benoît le bossu donnait à son couteau.

— Le seul homme dont j'aie peur jusqu'à un certain point, reprit Aurore, c'est celui-là que tu appelles le grand sec.

— Vrai! demoiselle?

— Il n'a cessé de me regarder fixement.

— L'insolent!

— Ces patriotes, fit Aurore avec une ironie hautaine, ils nous envoient à l'échafaud, mais ils ne dédaigneraient pas de nous aimer quelques heures auparavant.

— Pas dégoûtés, eux! dit Benoît.

La porte avait une serrure et la clé se trouvait en dedans.

Benoît s'enferma.

Puis, comme si cette précaution n'eût pas suffi, il prit la table et la posa en travers derrière la porte.

— Voilà mon lit, dit-il.

Et il se coucha dessus de tout de son long, tirant les pistolets de sa ceinture et les plaçant à portée de sa main.

— Pauvre Benoît! dit Jeanne, comme tu es dévoué et bon!

— Bah! répondit le bossu, ne me remerciez donc pas comme ça, demoiselles, j'en suis tout honteux,

vu que je n'ai pas encore donné une goutte de mon
sang pour vous. C'est l'occasion qui a manqué.

Et Benoît tourna le dos aux jeunes filles, afin
qu'elles pussent se mettre au lit.

.   .   .   .

En bas, Coclès versait à boire à Polyte et aux deux
Verduron.

Mais ces derniers seuls lui faisaient raison.

Polyte trempait à peine ses lèvres dans son verre,
et il était devenu tout songeur.

Le jeune Verduron disait :

— Ça serait des aristocrates que ça ne m'étonnerait
pas.

Polyte haussait les épaules et ne disait rien.

— Faudra que j'aille en couler deux mots à la gendarmerie d'Antony, reprit Scævola.

— Si tu veux que je t'assomme, dit Coclès, tu
n'as qu'à faire ce coup-là.

— De quoi? dit Brutus, l'aîné des Verduron, voilà
que tu défends les aristocrates, maintenant?

— Non pas, dit Coclès, je suis un bon patriote,
moi.

— Alors, laisse-moi aller chercher les gendarmes.

— Il faudra qu'on te porte en ce cas, dit Polyte, car
tu es ivre.

— Je marcherai bien jusque-là.

Et Scævola se leva et essaya de se tenir sur ses jambes.

— Va donc te coucher, dit brutalement Coclès. Est-ce que tu vas me faire avoir des raisons avec les gendarmes, maintenant.

— Mais puisque c'est des aristocrates...

— Je te dis que non, moi, et les gendarmes le verront bien... Et ça fera du tort à mon cabaret... Allons, tiens-toi tranquille, et bois !

— Coclès a raison; dit Polyte.

Brutus Verduron avala un nouveau verre de vin.

— Y a-t-il de la paille dans l'écurie ? dit-il.

— Pardieu ! fit madame Coclès.

— Eh bien ! je vais y dormir un brin...

— Moi aussi, dit Polyte.

— Alors, balbutia le jeune Verduron, vous ne voulez pas que j'aille chercher les gendarmes ?

— Non, dit son frère.

— Viens cuver ton vin, imbécile ! ajouta Polyte.

Et il le prit par le bras.

Coclès alluma sa lanterne.

— Et prenez garde de vous coucher sous mon âne, dit-il.

— Il n'est pas ivre, lui, il se rangera, répondit Brutus Verduron avec un gros rire.

Coclès ouvrit la porte, et Polyte et l'aîné Verduron

soutinrent le citoyen Scævola, qui était incapable de marcher tout seul.

Quand ils furent partis, la citoyenne Coclès respira.

— Pauvres enfants ! murmura-t-elle en songeant aux deux jeunes filles.

Quelques minutes après, Coclès rentra.

Il était sombre et soucieux.

— Ah ! dit-il, tu me fais faire des bêtises, femme.

— Qu'est-ce qu'il y a ? demanda-t-elle.

— Je suis borgne, reprit Coclès, mais l'œil qui me reste est bon.

— Qu'est-ce que ça prouve ?

— Que j'y vois clair.

— Tant mieux pour toi, mon homme.

— Non, tant pis pour nous ; car je ne m'y suis pas trompé. Encore des aristocrates que tu loges. Tu verras que nous finirons par aller à la guillotine, nous aussi.

— Poltron, va !

— Je tiens à ma tête, grommela Coclès, et si tu m'en crois, demain, avant que les autres soient réveillés, nous ferons filer ces deux demoiselles et leur conducteur.

Comme le citoyen Coclès disait cela, on frappa à la porte, et comme la porte n'était fermée qu'au loquet, elle s'ouvrit.

C'était Polyte, le petit faubourien, qui revenait.

— Les autres dorment déjà, dit-il, que le canon ne

les réveillerait pas ; mais moi, je n'ai pas sommeil
et je viens fumer ma pipe et jaser un peu.

Il avait un mauvais sourire en parlant ainsi, et
Coclès et sa femme se prirent à frissonner.

V

Quelques mots échappés à la citoyenne Coclès ont
dû édifier le lecteur sur le civisme du citoyen Coclès,
son mari.

C'était la peur qui l'avait rendu bon patriote.

Quand il chantait le *Ça ira*, il avait des coliques
sourdes, et lorsque ses amis l'entraînaient à la place
de la Révolution pour voir les galanteries du citoyen
bourreau jonglant avec des têtes d'aristocrates, il en
revenait aussi pâle qu'une galette mal cuite.

Cependant au fond, tout au fond du cœur, il avait
un penchant pour ceux qu'il avait servis jadis, et
quand il était seul avec sa femme, celle-ci parvenait
à lui faire momentanément honte de sa couardise.

Les deux jeunes filles dont il avait deviné la nais-

sance l'avaient-elles intéressé fortement; était-ce simplement pour plaire à sa femme?

Voilà ce qui est difficile de déterminer. Mais Coclès
avait fait le serment *in petto* de les protéger, et s'il
eut un frisson en voyant revenir Polyte, ce frisson
ne dura pas et le courage lui revint.

— Ah! tu n'as pas sommeil? dit-il à Polyte.

— Non, répondit le voyou.

— Tu veux jaser?

— Dame!

— Et boirais-tu bien encore un coup.

— Peuh! dit Polyte, ce n'est pas la soif qui me
tient.

Son œil brillait d'une flamme singulière, et une
expression de révoltant cynisme était répandue sur
tout son visage.

Non que cet homme fût laid, cependant.

D'abord il était jeune, grand, un peu maigre peut-
être, et ses traits au repos ne manquaient pas de cette
distinction bizarre que l'enfant des faubourgs a par
droit de naissance quand il est de race bien parisienne,
car nombre de Limousins et d'Auvergnats naissent
à Paris.

Mais le vice de bas étage, l'existence du faubourien
adonné à la paresse et à l'ivrognerie avaient répandu
sur ce visage une hideuse expression d'audace cauteleuse et de honteuse impudence.

I.   3

Peut-être se vantait-il quand il disait avoir tué de sa main quatre prêtres; mais certainement il avait achevé des blessés.

— Comment! reprit Coclès, tu n'as plus soif?

— Non.

— T'aurais soif tout de suite, si je disais un mot.

— Hein ? fit Polyte.

— J'ai du cidre doux de Normandie que mon frère m'a envoyé. C'est ça qui vaut mieux que le vin.

Et Coclès fit un signe à sa femme.

— Je vas en chercher une bouteille, dit-elle.

— Comme vous voudrez, fit Polyte avec indifférence.

Madame Coclès souleva la trappe de la cave, alluma sa lanterne et descendit.

Alors Polyte vint s'asseoir en face de Coclès et mit les coudes sur la table.

— Dis donc, citoyen, fit-il, je voudrais te causer sérieusement.

— De quoi donc? fit Coclès qui parut étonné.

— Des intérêts de la République.

— Vive la République ! dit Coclès.

— Oui certes, reprit Polyte; mais les paroles ne sont rien...

— Ah !

— Les actions sont tout.

— Que veux-tu dire?

— Minute ! dit Polyte, je n'aime pas à causer avec les femmes.

La citoyenne Coclès revenait, apportant non point une bouteille de cidre, mais deux.

— Femme, lui dit Coclès, il est tard. Faut que tu te lèves matin demain ; va te coucher.

Et il eut un regard significatif que Polyte ne comprit point et qui voulait dire :

— Sois tranquille, je m'en charge !

— Prends garde de te buter dans l'escalier, ajouta-t-il.

— Ah ! oui, dit madame Coclès ; mais j'ai fait venir le maçon tantôt et il a replacé la marche qui était en mauvais état.

Polyte ne fit nulle attention à ces mots bizarres échangés entre le mari et la femme.

Tout entier à l'idée qui lui travaillait le cerveau, il paraissait attendre avec impatience que la citoyenne Coclès s'en allât.

Celle-ci prit la lanterne, et se dirigeant vers l'escalier :

— Bonsoir, Polyte, dit-elle.

— Bonsoir, citoyenne, répondit-il.

Coclès lui versait à boire en ce moment.

— Bon ! dit alors le voyou, nous voilà seuls et nous allons jaser.

— Jasons, fit Coclès avec indifférence.

— Citoyen, reprit Polyte brusquement et sans préambule, tu trahis la République.

— Moi ! fit Coclès.

Et il prit un air étonné.

— Tu abrites des aristocrates.

— Ah ! par exemple !

— Ne fais donc pas le malin avec moi, poursuivit Polyte. Je t'ai rendu un fier service, tout à l'heure, en empêchant nos camarades d'aller prévenir les gendarmes.

— Mais pour quoi faire ? dit Coclès qui jouait toujours l'étonnement.

— Pour arrêter les petites.

— Les sœurs du bossu?

Polyte haussa les épaules.

— Le bossu est un domestique, et les petites sont des filles de ci-devant.

— Ah ! je ne savais pas ça, fit Coclès.

Polyte cligna de l'œil.

— Farceur ! dit-il, tu le sais aussi bien que moi. Seulement, tu veux faire plaisir à ta femme.

— Allons donc !

— Et puis les petites te plaisent.

— Quelle bêtise !

— Et à moi aussi, dit froidement Polyte. Une surtout, celle qui a de grands yeux bleus et des cheveux noirs. Et je me suis fait un raisonnement tout à l'heure.

— Lequel ? demanda Coclès.

— Les femmes sont ce qu'on les fait, reprit Polyte.

— Comment cela ?

— Et on peut faire une patriote d'une aristocrate.

Coclès ne sourcillait pas.

— Alors, poursuivit Polyte, je me suis dit : Si demain je laisse faire Scævola et Brutus, ils vont chercher les gendarmes et, dans trois jours, les deux petites sont fauchées.

— Ah ! tu t'es dit cela ? fit Coclès.

— Oui, mais j'ai réfléchi... tu vas voir. .

— Voyons ?

— Il y en a une qui me plaît, et j'en veux faire madame Polyte.

— Vraiment ? dit le cabaretier.

— Tu me donnes un coup de main.

— Comment ?

— Nous montons là-haut...

— Bon !

— Nous entrons dans la chambre où elles sont.

— Fort bien.

— Nous jetons le bossu par la fenêtre.

— Et puis ?

— Et puis, dame ! tu sauveras la petite blonde comme tu l'entendras... moi, je me charge de la brune... elle me plaît...

Et le cynique visage de Polyte rayonna de concu-
piscence.

— Mais si ce ne sont pas des aristocrates, pourtant,
dit Coclès.

— Je te dis qu'en c'en est.

— Prouve-le-moi.

— Tu n'as donc pas vu qu'elles avaient des petites
mains longues et blanches ?

— Ça ne dit rien, ça.

— Pour moi, ça dit tout. Et puis, aristocrate ou
non, la brunette me plait, et, je te le répète, j'en veux
faire madame Polyte et une bonne patriote.

Coclès paraissait hésiter.

— Tu es un camarade, dit-il enfin, et je ne voudrais
pas me fâcher avec toi.

— Je le pense bien, dit Polyte, qui avait deviné
depuis longtemps la peur de Coclès et l'exploitait à
son profit.

— Mais je voudrais que tu fisses tes affaires toi-
même.

— Comment ça?

— Ce bossu est gros comme deux liards de beurre.
Tu n'as pas besoin de moi pour le jeter par la fenêtre.

— Tu ne veux donc pas me donner un coup de main?

— Non; mais tu n'as qu'à monter; je ne me mêlerai
de rien, et tu peux faire tout le train que tu voudras
je serai sourd.

— Soit !... Mais ta femme ?

— Ma femme ne dira rien non plus.

Polyte prit un couteau sur la table.

— Voilà pour le bossu, dit-il.

— Tu connais la maison, tu sais par où on passe pour arriver à la chambre où sont les petites, dit encore Coclès.

— Oui.

— C'est la première porte à main gauche sur le carré.

— Oui, oui, je sais ça.

— Eh bien ! va, mon gaillard...

Et Coclès se mit à rire, tout en se versant un verre de cidre.

Puis il ajouta :

— Et maintenant, quand tu viendras me dire que tu détestes les aristocrates... je rirai bien, va, farceur !

Polyte, ivre de cynisme et d'amour, jugea inutile de se munir d'une lumière.

Il se dirigea d'un pas aviné vers l'escalier et en gravit lentement les marches.

Coclès, anxieux, prêtait l'oreille.

Les pas de Polyte retentirent d'abord dans l'escalier, puis sur le plancher de l'étage au-dessus.

Et tout à coup un grand cri, un cri d'épouvante et d'angoisse, suivi d'un bruit sourd, pareil à la chute d'un corps, parvint à l'oreille du cabaretier.

Alors, le front assombri de Coclès se dérida.

— Ça y est, murmura-t-il, ma femme avait compris!...

VI

Qu'était-il donc arrivé? Quel était-ce cri qui venait de retentir?

Polyte avait donné tête baissée dans un piége.

Ce piége était à la fois tout ce qu'il y avait de plus ingénieux et de plus simple.

L'escalier, qui tournait en colimaçon, passait au-dessus d'une sorte d'oubliette percée jusqu'à la cave.

L'oubliette s'ouvrait par une trappe qui, étant fixe ou mobile, offrait une résistance ou basculait comme le plancher d'une potence, selon qu'on tirait un verrou qui lui servait de clavette et qui était dissimulé sous la dernière marche de l'escalier.

La citoyenne Coclès avait échangé, on s'en souvient, un regard d'intelligence avec son mari et elle avait tiré la clavette.

Cependant, au risque d'amoindrir nos deux héros, nous devons avouer que l'oubliette n'était pas de leur invention.

La maison qu'ils habitaient avait été tenue par un

homme assez mal famé, une vingtaine d'années auparavant, et qui exerçait la profession de charcutier et d'aubergiste en même temps.

Cet homme aurait, paraît-il, renouvelé les sanglants exploits de son confrère de la rue des Marmousets, et confectionné des saucisses et des pâtés avec de la chair humaine.

Il avait été dénoncé à la suite de nombreuses disparitions de voyageurs qui venaient frapper à sa porte et qu'on ne revoyait plus.

La justice, alors représentée par les gens de la maréchaussée, avait même trouvé les cadavres dans la cave ; mais on n'avait jamais pu découvrir comment le charcutier les y attirait pour les égorger.

Le digne homme, comme on le pense bien, fut roué vif.

Dix ans après, Coclès, en prenant possession de la maison, qu'il acheta de l'État, car elle avait été con fisquée, Coclès, en faisant quelques réparations, trouva la fameuse trappe.

Sa femme et lui l'examinèrent longtemps, en essayèrent le mécanisme, et se convainquirent qu'un homme qui faisait une pareille chute se tuait net.

Le secret de feu le charcutier était trouvé.

Mais le citoyen et la citoyenne Coclès, bien que celui-ci tînt les propos les plus sanguinaires, étaient de braves gens assez inoffensifs, et jamais ils n'eussent

3.

songé à se servir de la précieuse oubliette, si leur propre conservation ne l'eût exigé un jour.

Un homme d'assez mauvaise mine vint loger un soir chez eux.

C'était un voleur qui soupçonnait des économies à l'ancien cocher, et qui avait formé le projet de l'assassiner lui et sa femme.

En soupant, au coin du feu, cet homme entr'ouvrit involontairement sa blouse.

Madame Coclès aperçut alors un long coutelas à sa ceinture.

Cela se passait avant la Révolution, et Coclès et sa femme étaient sans armes.

Après avoir soupé, le voleur manifesta l'intention de coucher.

Comme Coclès et sa femme lui objectaient qu'ils n'avaient point de lit à lui donner, il répondit qu'il s'accommoderait fort bien d'une chaise au coin du feu.

Alors Coclès et sa femme montèrent se coucher, et ils tirèrent la clavette qui rendait le plancher mobile.

Quand l'assassin les crut endormis, il monta l'escalier, son coutelas à la main, marchant avec précaution après avoir ôté ses souliers.

Comme il allait atteindre la porte de Coclès, il posa son pied sur la planche, jeta un cri et tomba dans l'oubliette.

Alors l'aubergiste et sa femme accoururent, ils prêtèrent l'oreille, entendirent quelques gémissements étouffés, puis plus rien.

L'assassin s'était tué. Le lendemain, ils le trouvèrent mort dans la cave.

Or, ce soir-là, pour revenir à la chute que Polyte venait de faire et qui avait été probablement mortelle, il est nécessaire de dire que madame Coclès était parvenue, avec ses regards suppliants, à faire partager au farouche patriote la sympathie mystérieuse que lui inspiraient les deux jeunes filles.

D'abord, il avait cru se débarrasser des trois vauriens en les faisant boire.

Mais il avait bien vu que Polyte ne buvait pas, et jetait de temps en temps le contenu de son verre sous la table.

Enfin les équivoques et obscènes regards que le pâle voyou avait constamment levés sur Aurore, ne lui avaient laissé aucun doute sur les infâmes aspirations du misérable.

Quand celui-ci revint, disant qu'il voulait causer au lieu de dormir, Coclès eut encore un moment d'hésitation.

Mais sa femme le regarda d'une façon si suppliante, que sa résolution fut bientôt prise.

D'ailleurs, des trois vauriens dont il avait fait ses

amis par peur de l'échafaud, Polyte était celui qu'il redoutait le plus.

Le garnement buvait plus que ses deux compagnons, mais il conservait son sang-froid, et jamais il n'était dans un complet état d'ivresse.

Un jour même il avait dit à Coclès :

— Je ne te crois pas aussi bon patriote que tu en as l'air, mais comme je trouve mon compte à ta fréquentation, je ne dis rien; seulement tu feras bien de ne jamais rien me refuser.

Coclès avait frissonné tout en promettant.

Polyte n'avait plus parlé de rien; mais Coclès savait bien que si jamais il lui refusait du vin ou de l'argent, l'autre le dénoncerait et l'enverrait à la guillotine.

Or donc, il se présentait une occasion pour Coclès de rompre à toujours avec ce dangereux ami.

Un homme plus scrupuleux encore que lui n'eût eu garde de la repousser.

Coclès avait donc dit à sa femme ces mots significatifs :

— Prends garde de te cogner dans l'escalier.

A quoi madame Coclès avait répondu :

— J'ai fait réparer la marche qui ne tenait pas.

Et avant de s'enfermer dans sa chambre, elle avait tiré la clavette.

On sait ce qui était arrivé.

Quand Coclès eut entendu le cri, puis le bruit lui

annonçant la chute de Polyte dans la cave, il s'empressa de monter.

Il trouva sa femme debout sur le seuil de la porte, au bord de la trappe.

Elle était un peu pâle, la brave femme; mais elle avait néanmoins un sourire de satisfaction aux lèvres.

— Crois-tu qu'il soit mort ? demanda Coclès.

— Je n'entends plus rien. D'ailleurs, répondit madame Coclès, il n'a pas les reins plus solides que l'autre.

— Si je descendais à la cave ?...

— Non, fit madame Coclès, ce n'est pas le plus pressé. Il faut faire filer les deux petites et ce brave garçon. Les autres sont ivres; mais quand ils auront cuvé leur vin, ils s'éveilleront et le danger recommencera.

— Tu as raison, dit Coclès. Mais n'as-tu pas dit que tu les conduirais à Paris ?

— J'aimerais mieux que tu y allasses toi-même. Les municipaux de la barrière d'Enfer te connaissent.

— Ça, c'est vrai.

— Et puis, en ne te voyant pas, les autres ne chercheront pas Polyte.

Et madame Coclès frappa vivement à la porte de la chambre où étaient Benoît et les deux jeunes filles, disant :

— Ouvrez, ouvrez, nous sommes vos amis...

Benoît, on le devine, n'avait pas fermé l'œil et il avait tout entendu.

Aurore non plus ne dormait pas.

Jeanne seule s'était assoupie tout d'abord, mais le cri poussé par Polyte l'avait réveillée en sursaut.

Benoît retira donc la table, ouvrit la porte, et se montra à ses hôtes un pistolet de chaque main.

— Ah ! mes pauvres enfants, dit madame Coclès, vous l'avez échappé belle, allez ! et il n'y a pas un moment à perdre, il faut partir.

— Qu'est-ce donc que ce cri que nous avons entendu ? demanda Aurore.

— C'est le cri d'agonie d'un homme qui avait voulu vous jouer un mauvais tour, ma petite.

— Je vais garnir l'âne [de son harnais, dit Coclès.

Et il s'éloigna rapidement, tandis que sa femme verrouillait la planche tournante et fermait ainsi l'oubliette.

 •   •   •   •   •   •   •   •   •   •   •   •   •

Coclès entra dans l'écurie.

Les deux Verduron ronflaient comme des orgues de cathédrale.

Le canon ne les eût pas réveillés, comme avait dit Polyte.

Coclès donna une poignée d'avoine à son âne, le

harnacha pendant qu'il la mangeait, puis il l'emmena sous le hangar, où il l'attacha à une de ces petites carrioles que les maraîchers des environs de Paris ont appelées des tapissières.

Pendant ce temps, madame Coclès disait aux deux jeunes filles :

— Vous sentez bien, mes chères demoiselles, que je sais que vous allez vous cacher à Paris. Mais il faut noircir vos mains. Et puis vous avez encore trop l'air de ce que vous êtes. Connaissez-vous quelqu'un, au moins ?

— Non, dit Benoît.

Madame Coclès parut réfléchir.

— Écoutez, dit-elle, j'ai une sœur qui est une brave femme, et qui, pas plus que moi, n'aime la révolution, quoique son mari fasse comme nous et crie à tue-tête : « Vive la République ! » Voulez-vous aller chez elle ?

Aurore et Jeanne se consultèrent du regard.

—Oui, dit enfin Aurore ; j'ai confiance en vous.

— Et moi aussi, dit Benoît.

On entendit un coup de sifflet.

— C'est mon mari qui dit que la carriole est prête, fit madame Coclès, venez.

Tous les quatre descendirent.

—Jean, dit madame Coclès à son mari, tu mèneras ces demoiselles rue du Petit-Carreau.

— Chez ta sœur ?

— Oui.

— Ça va, dit Coclès.

Et il fit monter les deux jeunes filles dans la tapissière.

— Allons, mon garçon, dit-il à Benoît, il y a de la place pour toi.

— Oh ! non, répondit Benoît, j'aime mieux marcher, et j'irai toujours aussi vite que votre âne.

Coclès s'assit sur le brancard, prit les rênes, fi siffler son fouet, et la tapissière partit au trot du petit âne, qui était une robuste bête pleine de cœur.

— Pauvres enfants ! répéta la bonne citoyenne Coclès en rentrant, les larmes aux yeux, dans sa maison.

VII

La citoyenne Coclès rentra donc chez elle, ferma sa porte à double tour et au verrou, et eut un moment la pensée de descendre à sa cave pour voir si Polyte était bien mort.

Mais, si courageuse que soit une femme, elle hésite à se trouver en face d'un cadavre.

Bien qu'il y eût de longues années de cela, elle se souvenait encore de cet homme qui avait voulu les assassiner, et qui avait rencontré la trappe meurtrière sous ses pas.

Cette fois-là, elle était descendue dans la cave avec son mari; elle l'avait aidé à creuser un trou et à faire disparaître le cadavre.

Et, quoique à cette époque elle fût plus jeune et surtout plus robuste, elle s'était trouvée mal à la suite de cette sinistre besogne.

La pauvre femme se borna donc à soulever la trappe de la cave et à prêter l'oreille.

Selon elle, — et c'était plus que vraisemblable, — si Polyte ne s'était pas tué sur le coup, il devait pousser de sourds gémissements.

Elle écouta donc et n'entendit rien.

Un silence profond régnait dans la cave.

— Allons! soupira-t-elle, il est mort... et bien mort... Quand Coclès reviendra, il l'enterrera.

Elle se mit au lit, mais elle ne dormit point, comme bien on pense.

D'abord son esprit suivait avec anxiété les deux pauvres petites aristocrates qui s'en allaient peut-être au-devant de la guillotine.

Ensuite elle ne songeait pas sans frémir à ces deux autres vauriens qui dormaient dans l'écurie, et ne manqueraient pas de faire grand tapage quand ils s'éveilleraient et demanderaient des nouvelles de leur compagnon.

Le reste de la nuit se passa pour elle dans une série d'angoisses.

Enfin le jour parut.

Les ivrognes sont gens d'habitude : quand ils s'enivrent régulièrement, ils cuvent leur vin dans un temps donné.

Brutus et Scævola Verduron s'éveillèrent avec le premier rayon du soleil.

D'abord ils s'étonnèrent de ne pas voir Polyte auprès d'eux.

Ensuite, ils constatèrent que l'âne n'était plus dans l'écurie.

Enfin, ils se souvinrent des deux jeunes filles et du bossu.

- Hé! Scævola, dit Brutus, je crois bien que Polyte nous a joué un tour.

— Polyte?

— Oui, et Coclès aussi. Tu dormais déjà hier, mais je me rappelle bien que Polyte, qui s'était couché à côté de moi, s'est relevé et est sorti.

— Qu'est-ce que ça prouve? dit le jeune Verduron, qui se frottait encore les yeux.

— Que Polyte s'en est allé trouver Coclès.

— Bien.

— Et qu'ils auront fait part à deux.

— Je ne comprends toujours pas, dit Scœvola, qui se mit sur ses jambes.

— L'âne n'est plus là.

— Tiens, c'est vrai.

— Dans mon idée, vois-tu, reprit Brutus, Coclès et Polyte auront emmené les petites à Paris.

— Ah !

— En route, ils se seront débarrassés du bossu.

— Et ils auront conduit les deux aristocrates à la gendarmerie.

— Mais non, dit Brutus.

— Que veux-tu donc qu'ils en aient fait ?

— Farceur !

Ce mot, prononcé d'une certaine façon, était tout un poëme de débauche.

Scœvola comprit enfin.

— Hé ! si c'était ça ! fit-il.

— Eh bien ?

— Je dénoncerais Coclès.

— Parbleu !

— Je dénoncerais Polyte.

— Et moi donc !

— Nous les ferions guillotiner tous les quatre. Ça serait gentil, dit le jeune misérable dont les yeux brillèrent d'une joie féroce.

— Allons savoir ce qui en est, dit Brutus.

Et il ouvrit la porte de l'écurie, et tous deux, chancelant encore, sortirent et allèrent frapper à la porte du cabaret.

La citoyenne Coclès était levée, elle balayait le sol de la salle d'auberge et rangeait les pots de vin et les assiettes.

—Où est Polyte? dit Brutus en entrant.

— Il est parti avec mon mari, répondit la citoyenne Coclès.

Elle tremblait que les deux chenapans ne lui demandassent à boire, ce qui l'eût forcée à descendre à la cave et à se trouver en présence du cadavre de Polyte; mais ni l'un ni l'autre n'y songea.

— Et les aristocrates? dit Scœvola.

— Quelles aristocrates? demanda naïvement la cabaretière.

— Les petites d'hier, donc!

— Eh bien, ils les ont emmenées.

— Quand je te le disais! s'écria Brutus Verduron. Ils nous ont fait le tour; mais je les rattraperai...

Et il demanda encore :

— Y a-t-il longtemps qu'ils sont partis ?

— Guère plus d'un quart d'heure, répondit madame Coclès.

— Alors, nous allons voir! dit le vaurien.

Et il s'élança, les poingts fermés, hors du cabaret.

Scœvola le suivit.

— Une belle guillotinade que ça fera! dit-il.

Le visage collé aux vitres de la fenêtre, madame Coclès les regarda s'éloigner.

— Si vous rattrapez Coclès, c'est que vous aurez des jambes de sept lieues, murmura-t-elle.

Néanmoins la pauvre femme était toute tremblante, et elle passa une mauvaise matinée.

Quand son mari était parti, au milieu de la nuit, il était bien convenu qu'il reviendrait le plus tard possible, afin de ne point rencontrer les deux individus et de n'avoir pas des explications à leur donner.

Jusqu'à midi, madame Coclès redouta qu'en revenant il n'eût rencontré les deux vauriens.

Deux ou trois fois, elle eut le frisson, en voyant des gens passer sur la route.

En effet, ils pouvaient entrer et demander à boire, et alors il lui eût fallu descendre à la cave.

Enfin, vers deux heures de l'après-midi, le bourricaud et la tapissière apparurent dans l'éloignement.

Madame Coclès courut au-devant de son mari.

Celui-ci avait le visage calme et l'air souriant d'un homme qui a sa conscience en repos.

Il avait sa tapissière pleine de légumes, car à cette époque déjà les habitants de Paris allaient s'approvisionner aux halles.

— Eh bien? lui demanda anxieusement la bonne femme.

— Tout va bien, répondit-il.

— Il ne vous est rien arrivé?

— Non. Les municipaux dormaient à la barrière ; il y en a un qui a ouvert un œil, je lui ai dit mon nom, et il m'a répondu :

« On ouvre à toute heure pour les patriotes. »

Ça fait que nous sommes entrés et que nous n'avons plus arrêté jusqu'à la rue du Petit-Carreau.

— Tu as trouvé ma sœur ?

— Oui. Elle a fait un lit aux deux demoiselles dans sa chambre et, comme elle est blanchisseuse, elle les fera passer pour ses ouvrières.

— Et le bossu ?

— Il ira travailler avec ton beau-frère, qui est ouvrier au port de Bercy.

Madame Coclès leva les yeux au ciel.

— Ah! Jean, Jean, dit-elle, quand donc ce temps-là finira-t-il ?

— Tais-toi, femme, répondit Coclès qui fut repris de la terreur de l'échafaud. Nous avons fait une bonne action, mais faut nous arrêter. Qu'est-ce qu'ont dit les deux Verduron ?

Madame Coclès se mit à rire.

— Ils ont cru que Polyte et toi vous aviez fait part à deux.

— Ah! ah!

— Et que vous vous étiez débarrassés du bossu.

Mais le front assombri de Coclès ne se dérida point,

— C'est égal, dit-il, je les aimerais mieux tous deux dans la cave avec ce pauvre Polyte, que de les sa voir sur leurs pieds. Je me méfie du petit encore plus que de l'autre.

— Moi aussi, dit madame Coclès.

Puis, après un silence et comme son mari conduisait l'âne sous le hangar :

— J'ai eu une jolie peur qu'il ne nous vînt des chalands toute la journée.

— Pourquoi donc ça ?

— Il aurait fallu descendre à la cave.

— Ah! oui, dit Coclès, je comprends. Tu n'as rien entendu après mon départ ?

— Rien.

— Il se sera tué sur le coup; mais il faut le faire disparaître, et le plus tôt sera le meilleur

— Et bien! vas-y, dit madame Coclès, je me charge de débarrasser l'âne de son harnais.

— Non, il faut que tu viennes avec moi pour m'éclairer.

La citoyenne Coclès eut un geste de dégoût et d'effroi.

— Bah! fit Coclès, si je n'avais pas plus peur des vivants que je ne crains les morts, tout irait bien.

Ils mirent l'âne à l'écurie, lui donnèrent une botte de luzerne; puis ils s'enfermèrent dans la maison, de crainte d'être dérangés dans leur sinistre besogne,

Alors, pâle comme un suaire et toute tremblante, la mère Coclès s'empara d'une lanterne, tandis que le cabaretier s'armait d'une bêche.

Voyant sa femme se dépiter, le citoyen Coclès lui prit la lampe des mains et descendit le premier.

Mais elle fit un effort et le suivit.

Tous deux descendirent l'un après l'autre l'échelle de meunier qui conduisait à la cave.

Cette cave était divisée en deux compartiments, mais la porte qui les séparait était ouverte.

C'était dans le deuxième caveau que donnait l'oubliette.

C'était là qu'on devait trouver Polyte la tête et les membres brisés.

Coclès eut bien, lui aussi, un moment d'hésitation.

Mais il se donna du courage et entra, projetant en avant la réverbération de sa lanterne.

Soudain il jeta un cri.

Un cri terrible, plein d'étonnement et d'angoisse.

Le caveau était vide.

Un jour de souffrance, pratiqué dans la voûte et grillé de deux barreaux de fer, portait les traces de l'évasion de Polyte.

Polyte n'était pas mort, Polyte s'était sauvé en arrachant les barreaux de fer.

Et Coclès épouvanté s'écria :

— Femme! femme! il ne fait plus bon pour nous ici, il faut fuir... et fuir au plus vite!...

. . . . , ...

VIII

Donc, Polyte n'était pas mort.

Cependant il était tombé de vingt-cinq pieds de haut au moins.

Mais Polyte était grand, mince, et dans cette chute au milieu des ténèbres, il avait eu la présence d'espri de serrer ses coudes au corps, ce qui fait qu'il étai' tombé sur ses pieds d'abord, ce qui avait singulière ment amorti la secousse.

Néanmoins, Polyte s'était évanoui.

La tête avait porté après coup sur l'angle d'un poutre destinée à supporter des futailles, et il s'étai meurtri le front.

L'évanouissement avait duré deux heures environ.

Mais il faisait froid dans la cave, et la bise aiguë qut soufflait à travers le soupirail finit par ranimer le vau-rien.

Il se trouvait dans les ténèbres et ne savait où il

I. 4

était. Mais, chose assez bizarre, avant d'avoir fait un mouvement, il avait retrouvé toute sa présence d'esprit. Son corps gisait encore inerte sur le sol humide de la cave, que sa mémoire se reportait au moment même de la catastrophe.

Il se rappelait parfaitement que Coclès lui avait dit: « Si le cœur t'en dit de monter chez les petites et de jeter le bossu par la fenêtre, ne te gêne pas; mais tu peux y aller seul. »

Et Polyte était monté. Tout à coup le pied lui avait manqué, et il s'était senti tomber dans un abîme inconnu.

S'étant remémoré tout cela, maître Polyte essaya de se mettre sur ses jambes.

Mais alors il éprouva une douleur si vive qu'un cri lui échappa.

Ce cri, madame Coclès, enfermée dans sa chambre, ne put l'entendre, bien qu'elle ne dormit pas.

Polyte comprit qu'il s'était sinon cassé, au moins foulé quelque chose.

Il s'était tordu le pied.

En même temps il porta la main à son front et la retira toute mouillée.

Il avait le front ensanglanté.

Mais Polyte était un garçon de sang-froid. Il avait poussé un premier cri de douleur, mais il n'était pas homme à en laisser échapper un second.

Avec cette clarté d'intelligence que le gamin de Paris possède à un si haut degré, Polyte venait de faire le raisonnement suivant :

— Coclès a voulu se débarrasser de moi et il me croit mort. Si je crie, si je fais le moindre bruit, il trouvera bien le moyen de m'achever, et ce n'est pas mes deux amis qui me viendront en aide, car ils sont ivres-morts. Il faut donc que je me tire d'affaire tout seul, que je tâche de sortir d'ici, de prendre le large, et alors ce sera une petite partie que nous continuerons, le citoyen Coclès, son épouse et moi.

Polyte était vindicatif, et il venait de faire le serment de mettre Coclès et sa femme au pied de l'échafaud.

Le faubourien eut donc le courage stoïque de se soulever de nouveau en domptant l'atroce douleur qui l'étreignait.

Et comme il ne pouvait se tenir sur son pied foulé, il se traîna sur les genoux, tendant les mains devant lui, l'une après l'autre, afin de reconnaître le lieu où il était. Ses mains rencontrèrent une futaille.

Alors Polyte fut fixé.

— Je suis dans la cave, se dit-il.

En même temps, il lui sembla que ses yeux se faisaient à l'obscurité, et qu'une sorte de lueur blafarde le frappait au visage.

À force de regarder, Polyte finit par reconnaître le

soupirail, garni de deux barreaux de fer, et, quoique la nuit fût noire au dehors, les ténèbres s'y trouvaient moins épaisses qu'à l'intérieur de la cave.

Souffrant horriblement, mais gardant un silence stoïque, Polyte se traîna jusqu'au dessous du soupirail.

Puis il se hissa sur un tonneau.

Et du tonneau, par un effort désespéré et non sans une douleur atroce, il parvint à saisir les barreaux du soupirail.

La maison était vieille, les murailles humides, les barres de fer ne tenaient que pour la forme, et Polyte se mit à les secouer tant et si bien que la pierre qui formait l'entablement de la lucarne se détacha.

Ce fut un jeu pour lui d'arracher les deux barres de fer l'une après l'autre.

Mais Polyte, cette besogne faite, n'était pas encore libre.

Il fallait maintenant qu'il pût se hisser jusqu'à la lucarne et y passer.

Le sang qui coulait sur son front l'aveuglait parfois; son pied foulé lui faisait éprouver des douleurs atroces.

Il lui fallut plusieurs minutes, un quart d'heure peut-être, avant qu'il pût se cramponner d'une façon victorieuse à l'entablement de la lucarne.

Mais enfin il y parvint, et quelques minutes après,

sanglant, meurtri, épuisé, il se trouva hors de la cave et en plein air.

Alors, comme ses forces étaient épuisées, il se coucha un moment sur le dos, et tint de nouveau conseil avec lui-même.

Un silence profond régnait dans la maison.

Polyte essaya de nouveau de se remettre sur ses pieds et de marcher.

Mais il retomba et se mordit les lèvres jusqu'au sang, pour ne point jeter un cri de douleur.

Il se traîna ensuite jusqu'à la route qui passait devant la maison.

Il savait que le fossé était plein d'eau.

Il y trempa ses mains et son front; puis comme il avait une soif ardente, il se mit à boire à longs traits.

Alors il se trouva un peu ranimé.

Ses yeux s'étaient si bien habitués à l'obscurité, qu'il y voyait maintenant comme en plein jour.

Il put donc se convaincre d'abord que la fenêtre de la chambre où l'on avait fait coucher les deux jeunes filles et le bossu était grand ouverte.

Les oiseaux étaient donc dénichés?

Ensuite il jeta un coup d'œil sous le hangar, et n'y vit plus la petite tapissière..

C'était une preuve qu'après s'être débarrassé de lui et le croyant mort, Coclès ou sa femme avait emcmené les aristocrates.

4.

Enfin, s'étant traîné vers la porte de l'écurie, il entendit les ronflements sonores des deux Verduron.

Un moment il délibéra en lui-même et songea à les appeler, à les éveiller en sursaut et à leur demander secours; mais Polyte savait qu'on ne tire jamais grand'chose d'un ivrogne, et comme il était possible que ce fût madame Coclès et non son mari qui eût emmené les jeunes filles, celui-ci pouvait sortir, s'armer d'une fourche ou d'un bâton et l'achever.

Dans l'état où il était, Polyte était incapable d'opposer une résistance sérieuse.

— Ce qu'il y a de mieux à faire, se dit-il, c'est de filer d'ici le plus tôt possible. Je les rejoindrai toujours.

Et sur les mains et les genoux, se traînant comme il pouvait, domptant ses douleurs, car son pied foulé heurtait quelquefois brusquement le sol, Polyte commença à s'éloigner.

Tout à coup sa main posa sur quelque chose qui était dur et froid au toucher et qui gisait au bord de la route, à trois pas du hangar.

D'abord il crut que c'était une pièce de monnaie, un écu de six livres, par exemple, car cet objet était rond.

Puis, l'examinant avec plus d'attention, il lui sembla que ce pouvait être un médaillon, une peinture entourée d'un petit cadre d'or.

Polyte glissa dans sa poche cet objet que l'obscurité

l'empêchait de bien définir et continua à s'éloigner de la maison. Il fit ainsi trois ou quatre cents pas en une heure.

La route était bordée d'arbres et de haies.

Comme Polyte était épuisé, il parvint à franchir le fossé et à se blottir sous une broussaille.

Là, ses forces le trahirent et il s'évanouit de nouveau.

Mais le froid piquant de la nuit l'eut bientôt ranimé. L'eau qui remplissait le fossé apaisa la soif ardente qui le tourmentait, et il se remit en route.

Et comme il se traînait toujours droit devant lui, à la façon d'un reptile, car il lui était impossible de se tenir debout, un bruit se fit dans le lointain, du côté de Paris, puis une lueur brilla; et Polyte finit par distinguer les deux lanternes d'une voiture qui arrivait bon train vers lui.

Un premier mouvement de crainte le fit songer à se ranger au bord du fossé; mais la précipitation qu'il mit à exécuter cette manœuvre lui arracha un cri de douleur, et il tomba sur son pied si malheureusement qu'il faillit s'évanouir encore.

La voiture arrivait au grand trot de deux robustes chevaux.

— Gare! cria le cocher, en voyant un homme étendu au milieu de la route.

Et comme l'homme ne se dérangeait pas assez vite, il fut obligé de rassembler ses chevaux qui se cabrèrent.

Le cocher lâcha un juron.

Une femme mit la tête à la portière et dit avec effroi :

— Qu'y a-t-il donc?

— C'est un ivrogne, répondit le cocher.

Polyte jeta un cri déchirant.

— C'est un homme blessé, dit la femme, arrêtez donc !

Le cocher avait fini par maîtriser ses chevaux.

La femme qui se trouvait dans la voiture mit alors pied à terre et s'approcha de Polyte.

— Ah! citoyenne, dit celui-ci d'un ton lamentable, prenez pitié d'un pauvre patriote qui s'est cassé la jambe.

Une autre femme était également descendue de la voiture. A en juger par son costume, c'était l'*officieuse* de la première.

La République avait supprimé les domestiques, mais elle permettait les *officieux*, ce qui était absolument la même chose.

Les deux femmes prirent donc Polyte à bras-le-corps et le transportèrent dans la voiture.

Le cocher grommelait, pendant ce temps, sur son siége.

— Qu'allons-nous en faire? demanda l'*officieuse*.

— Le transporter à la maison d'abord, répondit l'autre femme.

— Vous êtes de bonnes patriotes, répétait Polyte.

En même temps, comme la clarté des lanternes se projetait à l'intérieur de la voiture, Polyte tira de sa poche l'objet qu'il avait trouvé sur la route.

Or, cet objet n'était autre qu'un médaillon.

Et ce médaillon, c'était le portrait de sa mère Gretchen qu'Aurore portait au cou, et qui s'était détaché comme elle montait dans la tapissière auprès de Coclès.

Et Polyte, stupéfait, crut reconnaître sous ce médaillon Jeanne, la plus jeune des deux aristocrates.

— Qu'est-ce que cela? dit la femme qui venait de le prendre dans sa voiture.

Elle lui arracha le médaillon des mains, et à son tour, y jetant les yeux, elle étouffa un cri d'étonnement et regarda Polyte avec une anxieuse curiosité.

IX.

Qu'était-ce que cette femme qui osait voyager en carrosse au mois de février 1793, un mois après la mort du roi, alors que la France entière tremblait et que chacun avait peur d'être dénoncé comme aristocrate? Car ce n'était pas une vulgaire voiture place, de mais bien un carrosse à deux chevaux qui avait failli écraser Polyte.

Le cocher ne portait pas de livrée apparente.

Mais il avait ses vêtements taillés comme le sont ceux des domestiques de bonne maison

Les chevaux étaient fringants, bien harnachés, et on se demandait comment un tel équipage avait osé traverser Paris et en sortir.

Cependant la personne qui avait recueilli Polyte et l'avait fait placer sur les coussins du devant de la voiture ne paraissait nullement inquiète.

C'était une femme entre deux âges, plus près de quarante-cinq ans que de trente, petite, un peu contournée et le visage aussi brun qu'une olive. Elle avait de grands yeux noirs qui achevaient de donner un reflet étrange à sa physionomie, mélange de dureté et de douceur, de calme et d'hypocrisie. Elle avait de gros diamants aux oreilles, des bagues de prix à tous les doigts, et sa robe de soie aux couleurs voyantes semblait un défi porté à tous ceux qui dénonçaient les aristocrates.

Mais ceux qui se fussent trouvés à la barrière d'Enfer, au moment où le carrosse s'y était présenté pour sortir, eussent été bien plus étonnés encore que ne l'était Polyte, en présence de ce luxe tapageur et de mauvais goût.

Le cocher avait demandé la porte d'un ton insolent.

Un officier de municipaux était sorti du poste, le sourcil froncé à la vue de ce carrosse, et il avait voulu gourmander l'automédon, fouiller la voiture et faire subir un interrogatoire à la dame qui s'y trouvait.

Celle-ci lui avait ri au nez :

— Citoyen capitaine, lui avait-elle dit, on voit bien que vous ne savez à qui vous avez affaire, et vraiment c'est là votre excuse, car vos façons avec moi pourraient vous coûter cher.

Sur ces mots, elle avait tiré de son sein un papier qu'elle avait mis sous les yeux du municipal stupéfait.

Celui-ci s'était confondu en excuses, avait supplié la citoyenne de lui pardonner, fait ouvrir la porte à deux battants et poussé la civilité et la complaisance jusqu'à offrir une escorte à cette mystérieuse et puissante personne.

Celle-ci avait répondu à cette offre par un nouvel éclat de rire.

— Non, non, citoyen capitaine, avait-elle dit, je ne crains absolument rien. D'ailleurs, je vais à trois lieues d'ici, à Palaiseau, dans ma maison de campagne. Bonsoir, entrez dans votre poste et prenez garde de vous enrhumer.

La mystérieuse personne avait donc continué son

chemin en compagnie de son officieuse, une jolie sou-
brette non moins insolemment vêtue que sa maîtresse,
jusqu'à l'endroit où nous l'avons vue recueillir le faubourien Polyte.

Donc celui-ci, à peine installé dans le carrosse, avait
tiré de sa poche un médaillon qui représentait la mère
d'Aurore et de Jeanne.

On se souviendra, si on se reporte à la première
partie de cette histoire, que Jeanne était la vivante
image de sa mère, et qu'Aurore, en trouvant ce médaillon dans la cassette qui renfermait le testament de
Gretchen, n'avait pas hésité à reconnaître sa sœur
dans la jeune fille élevée par le forgeron de la Cour-
Dieu.

Or donc, tandis que Polyte, en vrai gamin de Paris
qui se soucie des convenances aussi médiocrement que
possible, oubliait de remercier la dame inconnue pour
tirer le médaillon de sa poche et savoir ce que c'était,
celle-ci le lui prenait des mains, y jetait les yeux et
manifestait une subite émotion.

— Qu'est-ce que cela? dit-elle.

— Ça, dit Polyte, je viens de le trouver sur la route.

— Ah!

— Mais je sais d'où ça vient.

Et il reprit le médaillon et se mit à l'examiner sans
façon.

— Ah ! vous savez d'où ça vient? reprit la dame toujours émue.

— Pardieu ! c'est le portrait d'une des petites.

La dame tressaillit encore.

— Qu'est-ce que cela, les petites? fit-elle.

— C'est les deux jeunes filles que Coclès a sauvées; mais il ne les sauvera pas longtemps. Ah ! ah ! Polyte est là, citoyenne, soyez tranquille.

La dame inconnue avait sans doute une grande connaissance du cœur humain, car elle tira une bourse de sa poche, y prit deux pièces d'or à l'effigie de l'ex-tyran et les tendit à Polyte :

— Mon ami, lui dit-elle, vous me paraissez savoir des choses qui m'intéressent jusqu'à un certain point. Prenez cela et parlez.

Polyte ne se le fit pas répéter. Il tendit la main et les deux pièces d'or disparurent dans la poche de côté de son bourgeron bleu.

— Tiens ! tiens ! dit-il, est-ce que vous connaîtriez ces deux particulières?

— J'en connais une toujours, dit la dame, celle qui ressemble à ce portrait. Comment donc est l'autre?

— Brune, grande, avec des yeux noirs qui vous traversent de part en part ! Une jolie citoyenne, allez; et sans ce brigand de Coclès qui n'est pas patriote du tout, j'en faisais madame Polyte.

5

Un sourire indulgent glissa sur les lèvres de la dame.

— Voyons, mon ami, reprit-elle, expliquez-vous donc. Qu'est-ce que Coclès, d'abord?

— C'est un cabaretier qui est là sur la route, dont nous venons de passer la maison.

— Bon!

— Les petites étaient chez lui avec un animal de bossu qui disait que c'étaient ses sœurs; mais je ne m'y suis pas trompé, moi!

— Vraiment!

— J'ai bien vu tout de suite que c'étaient des aristocrates, et si j'avais laissé faire les deux Verduron, des amis à moi, de vrais patriotes, elles faisaient hier soir connaissance avec les gendarmes...

Mais qu'est-ce que vous voulez? reprit naïvement Polyte, on a beau aimer la République, on a des faiblesses comme tout le monde. La brune me plaisait, et je me suis laissé mettre dedans en plein par ce brigand de Coclès.

C'est encore une chance même que je ne me sois pas tué du coup.

La dame était patiente; ensuite elle avait sans doute bonne envie de savoir une foule de choses, car elle ne se rebuta point des divagations et du récit un peu embrouillé de Polyte.

Elle finit même par y voir très-clair.

Au bout d'un quart d'heure, elle était tout à fait au courant de ce qui s'était passé dans le cabaret qui portait pour enseigne : *Au rendez-vous des bons patriotes.*

— Mon ami, dit-elle alors à Polyte, vous êtes né sous une heureuse étoile, puisqu'elle vous a placé sur mon chemin. Pour peu que vous vous y prêtiez, votre fortune est faite.

Polyte eut un éblouissement.

— Je vais vous emmener chez moi, continua-t-elle, et on prendra soin de vous jusqu'à ce que vous soyez complétement guéri.

— Et puis ? dit effrontément Polyte, à qui ce mot de fortune avait mis l'eau à la bouche.

— Et puis, je vous dirai ce que vous devez faire pour m'être agréable, et comment je saurai vous récompenser.

Et, afin de lui prouver qu'elle ne lui faisait pas de vaines promesses, elle reprit sa bourse et lui donna deux autres pièces d'or.

— Vous êtes une fameuse citoyenne tout de même! dit Polyte; et quand bien même vous seriez une aristocrate, ce n'est point moi qui vous dénoncerais, i' gn'y a point de danger!

La dame sourit.

— Si j'étais aristocrate, dit-elle, je me cacherais

— Tiens, c'est vrai,

— Tandis que je ne me cache pas, comme vous pouvez voir.

Puis, après un nouveau silence :

— Qu'est-ce que vous voulez donc faire de ce médaillon?

— Eh! dit Polyte, faut jamais cracher sur ce qu'on trouve. Un brocanteur du quai des Orfèvres m'en donnera peut-être bien deux écus.

— Je vous en donne deux autres louis, fit la dame.

— Ça va! dit Polyte.

Et il tira le médaillon et l'examina de nouveau.

— Sacrebleu! c'est que s'il y avait des diamants autour, ça changerait de note.

La dame ne se fâcha point.

Le médaillon était d'une grande simplicité, et le petit cercle d'or qui l'entourait valait à peine dix francs.

— Allons! dit Polyte l'affaire est bonne... Je m'y connais, vu qu'on m'avait mis en apprentissage chez un batteur d'or du temps du tyran Capet.

Et il tendit le médaillon en échange de deux autres pièces d'or.

La dame, du reste, les lui avait données avec une grâce parfaite.

Cependant, Polyte commençait à faire à peu près les mêmes réflexions que l'officier des municipaux, avant que la puissante inconnue lui eût montré ce papier mystérieux qui semblait avoir la valeur d'un 'talisman.

Une femme ainsi couverte de bagues et de bijoux, vêtue comme une princesse, et qui, à une époque où chacun dissimulait ce qu'il avait, étalait ce luxe insolent, n'était-elle pas une folle ou une aristocrate qui payait d'audace?

Et comme Polyte n'avait jamais eu sa langue dans sa poche, il dit naïvement:

— Vous avez tout de même un joli toupet, citoyenne.

— Pourquoi cela, mon ami?

— Vous n'avez guère peur des voleurs...

— Oh! fit-elle avec dédain.

— On a guillotiné une femme du faubourg, la semaine dernière, pour moins que ça.

— En vérité!

— C'était la femme d'un ébéniste; elle avait deux petits diamants à ses oreilles, et, bien que son mari ne fût pas suspect, les commères du quartier ont tant jasé qu'on a prouvé que c'étaient des aristocrates qu'elle avait cachés qui lui avaient donné ces pendeloques.

— Et on l'a guillotinée?

— Dame! une fois qu'elle a été au tribunal, le citoyen Fouquier-Tinville, qui jase comme un clerc qu'il était, lui a prouvé qu'elle était royaliste, et même qu'elle a fini par le croire.

Et Polyte se mit à rire; et la dame à qui il plaisait fort apparemment l'imita.

Pendant toute cette conversation; le carrosse était allé bon train, et il venait de quitter la grande route pour entrer dans une avenue de vieux arbres, au bout de laquelle on apercevait un joli pavillon carré tout étincelant de lumières.

— C'est donc là que nous allons? demanda Polyte.

— Oui, répondit la dame.

Quelques minutes après, le carrosse s'arrêta. Alors Polyte vit une double rangée d'officieux auprès des portières, et il s'aperçut qu'on saluait sa bienfaitrice de hasard avec le plus grand respect.

— Conduisez-moi ce garçon à l'office, dit-elle, ayez soin de lui et pansez-le, car je le crois blessé.

Puis elle mit pied à terre et monta les marches du perron avec la dignité d'une châtelaine.

— Tiens! murmura Polyte, au moment où elle passait au milieu des officieux armés de flambeaux; je crois bien qu'elle est bossue, elle aussi!

Et il se laissa emporter de bonne grâce par deux grands gaillards d'officieux qui le prirent à bras-le-corps, car il lui eût été maintenant impossible de marcher.

X

Cependant la dame aux diamants était entrée dans le pavillon. Ce pavillon, qu'on appellerait aujourd'hui une villa, avait été bâti par un fermier général qui, des premiers, avait payé son tribut à la nation en portant sa tête sur l'échafaud.

Le vestibule spacieux était encombré d'arbustes rares et de plantes exotiques.

Après le vestibule, on trouvait un grand salon luxueusement meublé et décoré, et à la suite un boudoir dans lequel régnait un demi-jour voluptueux.

Ce fut dans cette dernière pièce que la dame s'arrêta.

—Tu vas m'habiller, dit-elle, car il est près de minuit, et mes amis ne peuvent tarder. Mais, auparavant, jette donc un coup d'œil aux fourneaux du chef. Vois si la table est correctement dressée et si rien ne manque.

—Oui, madame, dit l'officieuse, qui, dans le tête-à-tête, se dispensait de donner à sa maîtresse le titre brutal de citoyenne.

Et la jeune fille, qui était belle d'une beauté hardie et cynique, sortit.

Alors la dame se posa devant une grande glace de Venise et se jeta un regard complaisant.

— Allons, murmura-t-elle, on a bien raison de dire que la fortune embellit. Quoique un peu bossue, un peu noire, et ayant passé la quarantaine, je ne suis pas trop mal encore; le citoyen *Brin-d'Amour* me l'affirme du moins, et il a de bonnes raisons pour le croire.

Elle ôta son chapeau, et d'un coup de main déroula une épaisse chevelure noire, qui tomba en boucles nombreuses sur ses brunes épaules, qui étaient décolletées.

Il est vrai de dire que cette insolente personne revenait de l'Opéra, où elle avait assisté à une représentation du *Berger-Pâris*.

Mais avant de faire connaître les personnages qu'elle attendait à souper, disons un mot de cette étrange créature.

Trois mois auparavant, c'est-à-dire vers la fin de décembre 1792, le citoyen représentant X..., ami intime de Robespierre et l'un des membres les plus influents de la Convention, reçut un matin une note ainsi conçue :

« On a arrêté hier une femme qui dit venir d'Italie, » est dépourvue de papiers, mais était en possession

» d'une somme assez considérable en or et en billets
» de caisse autrichiens. Cette femme refuse de faire
» connaître son nom à toute autre personne qu'au ci-
» toyen X...

» Elle prétend que non-seulement elle n'est pas une
» ennemie de la nation, mais que, encore, elle peut
» rendre d'immenses services à la République.

» On a donc cru devoir ajourner sa mise en accu-
» sation. »

Le citoyen X... était un petit avocat de province au moment où éclata la Révolution.

Jeune encore, fort beau garçon, peu scrupuleux sur le choix des moyens, ne prévoyant pas alors le grand drame dans lequel il devait jouer un rôle, il avait été violemment aimé par une vieille folle, la marquise de B..., qui s'était ruinée pour lui.

L'orage éclata.

La marquise de B... prit la fuite, tandis que son amant était envoyé par le peuple à la Convention.

Grand orateur, mais homme de plaisirs et de passions, le nouveau député fut bientôt aussi populaire qu'endetté.

Les hommes politiques d'alors étaient généralement honnêtes, et affectaient même de vivre en Spartiates.

Robespierre donnait l'exemple, en vivant dans un misérable logis de la rue Saint-Honoré.

Ce genre de vie allait peu à un homme qui aimait

les vieux vins et les belles filles, et qui se hâtait, suivant le mot spirituel de Danton, de manger un perdreau truffé pour qu'un aristocrate ne l'eût pas.

Sans le sou, perdu de dettes, le citoyen X..., dont la voix tonnait à la tribune et qui demandait la confiscation des biens de la noblesse et du clergé, le citoyen X..., disons-nous, s'accommodait mal le soir de son humble chambre d'hôtel garni, de son modeste souper, de cette existence frugale que lui offrait la nation. Peut-être même se repentait-il, au moment où il reçut cette note, d'avoir puissamment aidé de sa fougueuse éloquence à la chute de la monarchie durant laquelle sa jolie figure lui avait valu quelques petites douceurs. A côté de Robespierre, de Saint-Just et de Camille Desmoulins, les justes et les purs en même temps, il étouffait dans cette robe de simplicité, sous le masque de Lacédémonien qu'il avait mis sur son cynique visage.

Il se rendit donc à l'Abbaye, d'abord par curiosité, ensuite obéissant à je ne sais quel bizarre pressentiment.

Peut-être même s'imaginait-il que la femme arrêtée qui se recommandait de lui n'était autre que la pauvre marquise mise par lui sur la paille autrefois.

Quel ne fut pas son étonnement en se trouvant en présence d'une femme qui lui était parfaitement inconnue et qui lui dit :

— Citoyen Brin-d'Amour, j'étais bien sûre que tu viendrais.

Le sévère tribun n'avait pu s'empêcher de faire un pas en arrière en entendant le surnom de *Brin-d'A-mour* que la pauvre vieille folle de marquise lui avait donné.

Et comme il fronçait le sourcil, cette femme, qui ne paraissait nullement effrayée du sort qui semblait l'attendre, continua d'un ton dégagé :

— Avant de vous dire qui je suis, laissez-moi vous apprendre comment je sais que vous vous appelez Brin-d'Amour. Je reviens de Berlin, où la marquise de B... s'est réfugiée, et c'est elle qui m'a conseillée, si je venais à Paris et qu'il m'y arrivât malheur, de m'adresser à vous.

C'était dire de la façon la plus délicate au tarouche représentant X... qu'elle savait tout son passé, et que sa prétendue austérité républicaine ne l'effrayait nullement.

Le citoyen X... s'était fait enfermer dans le cachot de cette femme, ils étaient seuls.

— Vous avez bien une demi-heure à me donner, reprit-elle, car nous avons à causer un peu longue-ment.

— Parlez, dit-il, je vous écoute.

— Mon nom, dit-elle, ne vous apprendra pas

grand'chose; mettons que je m'appelle la citoyenne Antonia, et passons.

— Après? fit le citoyen X...

— J'ai cent cinquante mille livres de rente, poursuivit-elle.

Le citoyen X... demeura impassible.

Antonia eut une nuance d'inquiétude, mais cela dura ce que dure un éclair.

— On peut me guillotiner, reprit-elle, la nation n'héritera point de moi, car ma fortune est à l'étranger, au cœur de l'empire autrichien. J'ai acheté des mines d'argent en Silésie.

Les quelques centaines de louis qu'on a trouvés en ma possession sont tout ce que j'ai apporté en France; maintenant si le cœur vous en dit, prenez ma tête.

— Mais, dit le citoyen X..., que le calme de cette femme embarrassait peut-être autant que la tournure que prenait ce singulier entretien, n'avez-vous pas dit que vous pouviez rendre de grands services à la République?

— Oui.

— Quels sont-ils?

— Je puis vous tenir au courant de ce que font les émigrés à Vienne et à Berlin.

— Ah !

Elle eut alors un de ces sourires qui veulent dire :

Nous avions besoin d'un prétexte, le voilà trouvé, maintenant, jouons cartes sur table.

. . . .

Que se passa-t-il alors entre la citoyenne Antonia et le farouche tribun X...

Ce fut là un mystère que personne ne songea jamais à éclaircir.

Tout ce qu'on sut, c'est que la citoyenne Antonia avait été mise en liberté le soir même.

Le lendemain, elle fut présentée à Robespierre et au comité de salut public.

Robespierre, qui tenait fort à savoir ce que complotaient les royalistes à l'étranger, lui donna trois lignes de son écriture.

Ces trois lignes étaient ainsi conçues.

« La citoyenne Antonia est une bonne patriote dont
» je réponds comme de moi-même. Tous les agents de
» la force publique considéreront le présent écrit
» comme un sauf-conduit et se mettront à sa disposi-
» tion si elle a besoin d'eux.

                    » MAXIMILIEN ROBESPIERRE. »

Quelques semaines plus tard, à l'Opéra, au théâtre de la République, dans les promenades, dans les rues, on rencontrait cette femme en carrosse et couverte de diamants, et si quelque curieux s'étonnait de ce luxe insolent, on lui disait tout bas :

— C'est la maîtresse du citoyen X..., c'est l'Égérie

de la République, et Robespierre ne dédaigne pas
d'aller souper chez elle, dans sa maison de campagne
de Palaiseau.

Et le curieux frissonnait à la pensée qu'il avait peut-
être lâché une parole imprudente à l'adresse d'une
femme qui, d'un mot, le pouvait faire guillotiner.

Ce soir-là — car nous allons revenir sans autre
transition à ce jour où elle avait recueilli Polyte sur la
route de Paris à Antony — ce soir-là, disons-nous, la
citoyenne Antonia avait du monde à souper.

Le citoyen X..., qu'elle se plaisait, comme la pauvre
marquise de B...; à appeler Brin-d'Amour, et qui ne
dédaignait pas de la trouver belle, lui devait amener
quelques amis de choix, des hommes considérables qui
voulaient se reposer quelques heures des fatigues et
des soucis de la politique en mangeant des truffes à la
serviette et en buvant de grands vins de Bordeaux.

Tandis qu'elle attendait ses hôtes et que sa femme
de chambre donnait quelques ordres relatifs au souper,
elle avait tiré de son sein le médaillon acheté à Polyte
et qui représentait la pauvre et malheureuse Gretchen,
et elle murmurait avec un hideux sourire :

— Il y a des ressemblances qui sont bonnes à quelque chose. Le portrait aidant, Jeanne et la belle comtesse Aurore éternueront dans le son d'ici peu. Après,
nous trouverons le comte Raoul...

Car, tant qu'il en restera un, ajouta-t-elle, je ne serai pas tranquille.

On a beau dire, la République ne durera pas, et les aristocrates reviendront tôt ou tard.

Elle glissa de nouveau le médaillon dans son corsage; mais son sourire cynique prit des proportions plus larges.

— Cette pauvre comtesse des Mazures, dit-elle, si elle sortait de la tombe... comme elle serait étonnée de voir la citoyenne Antonia se mêler quelque peu de gouverner la France !...

Et comme elle faisait cette réflexion, on entendit un bruit de voiture dans la cour, et peu après le citoyen Brin-d'Amour pénétra dans le boudoir avec le sans-façon d'un homme qui a ses petites entrées.

— Mon ami, dit la citoyenne Antonia, les affaires avant le plaisir, si tu veux.

— Au diable les affaires ! dit le citoyen X...; je suis resté quatre heures à la tribune aujourd'hui.

— Ceci est très-important. Deux jeunes filles sont entrées ce soir dans Paris, venant de Vienne. Elles sont chargées d'une mission importante auprès du comité royaliste.

— Ah ! ah ! dit le citoyen X...

— Et voilà le portrait de l'une d'elles, acheva Toi-non, car on l'a deviné sans doute, la citoyenne Antonia n'était autre que Toinon la bohémienne, la servante de la comtesse des Mazures, riche de la fortune qu'elle avait trouvée dans la cassette qu'elle vola cette nuit-là même où le chevalier, son complice et sa dupe, assassinait sa belle-sœur.

XI

La rue du Petit-Carreau était alors ce qu'elle est aujourd'hui, un bout de rue montueux qui prolonge la rue Montorgueil et a deux rangées de maisons mal bâties et mal alignées.

Vers le milieu, à gauche, en venant des Halles, on voyait une boutique de blanchisseuse.

Le mot boutique était même prétentieux, tant l'échoppe était petite, étroite, mal éclairée.

A six heures du matin, c'est-à-dire avant le jour, une femme entre deux âges ouvrait la devanture et allumait ensuite un petit fourneau destiné au chauffage des fers.

Elle se mettait alors à travailler avec ardeur, et ce n'était que lorsque le jour paraissait que son unique ouvrière, une petite fille de quatorze ou quinze ans, descendait de sa soupente et venait lui aider.

peu près en même temps, le mari de cette femme,
qui était ouvrier des ports, se levait, faisait grand
bruit et grand tapage, criait une demi-douzaine de
fois : *Vive la République!* entrait chez le marchand de
vin d'en face, avalait un verre de petit blanc et descendait vers les halles en jurant la mort de tous les
aristocrates.

Cette femme, qu'on appelait la citoyenne Bargevin
et qui était blanchisseuse de son état, était la sœur de
madame Coclès, et c'était chez elle que le mari de
cette dernière avait amené Jeanne, Aurore et Benoît
le bossu.

La citoyenne Bargevin avait des opinions sembla-
bles à celles de sa sœur.

Elle regrettait la royauté, les aristocrates, et haussait les épaules quand elle entendait Simon Bargevin,
son mari, affirmer son dévouement à la nation.

Au fond, son mari n'était pas plus féroce qu'elle, et
il pensait de même façon.

Mais en un temps où la délation jouait un rôle inces-
sant, où tout le monde devenait suspect sur une simple dénonciation, la peur de l'échafaud donnait de
l'enthousiasme au moins zélés, et les plus tièdes par-
tisans du nouveau régime criaient à tue-tête : Vive la
République !

Cependant, Simon Bargevin n'avait pas pris un

nom romain comme son beau-frère, et sa femme avait
continué à s'appeler Joséphine.

Le matin donc où Coclès arriva dans sa tapissière
avec les deux jeunes filles et le bossu, il n'était pas
jour encore, et Joséphine Bargevin commençait à peine
à entr'ouvrir sa boutique.

En voyant tout ce monde, la pauvre femme leva les
mains au ciel et s'était montrée fort étonnée.

Son mari et la petite apprentie dormaient encore.

Coclès entra dans la boutique et parla à l'oreille de
madame Bargevin.

Joséphine avait commencé par manifester un violent effroi, mais quand elle vit les deux jeunes filles
si belles, elle se sentit émue.

— Tu es un brave homme, dit-elle à Coclès, et je
ferai ce que tu me demandes. Mais, grand Dieu ! quand
on verra ces deux anges dans une boutique, ne
les prendra-t-on pas tout de suite pour ce qu'elle
sont?

La blanchisseuse avait son mari qui dormait dans
l'arrière-boutique sur un misérable grabat.

— Vive la République ! hurla Simon en ouvrant les
yeux.

— Tais-toi, dit Joséphine, et prends garde surtout
d'éveiller Zoé ! je m'en méfie !...

Zoé était le nom de la petite apprentie.

A l'attitude et à l'accent de sa femme, Simon comprit qu'il y avait quelque chose d'extraordinaire, et il se leva sans plus rien dire.

Il vit Coclès, il vit les deux jeunes filles et le bossu, et fronça le sourcil.

— Tu veux donc nous envoyer à la guillotine ? dit-il à Coclès.

— J'en ai aussi peur que toi, répondit ce dernier, et pourtant tu vois que je n'ai pas hésité.

Coclès avait un certain ascendant sur son beau-frère et il l'eut bientôt calmé.

Pourtant il fit une objection.

— Mais, dit-il, nous n'avons pas des mille et des cents, tu le sais bien ; et il y a des jours où nous ne mangeons que du pain.

— Ces demoiselles ont de l'argent, répondit Coclès.

— Alors, dit tout bas Joséphine, à la grâce de Dieu ! Nous ne mourrons jamais qu'une fois.

. . . .

Quand la petite apprentie se leva, elle vit les deux jeunes filles installées dans la boutique et à l'ouvrage.

Aurore et Jeanne, élevées en province, avaient appris à travailler à l'aiguille, et, comme les filles nobles de ce temps-là, elles étaient d'une adresse qu'aurait pu envier toute bonne ouvrière.

Zoé les regarda avec une curiosité mêlée de dépit.

— Ce sont mes nièces dont je vous ai parlé et qui viennent de la campagne, dit Joséphine Bargevin.

La petite apprentie ne souffla mot, mais elle éprouva presque sur-le-champ un sentiment de haine jalouse.

Zoé était en femme ce que Polyte était en homme.

C'était une enfant de Paris, pâle et chétive, grêlée de la petite vérole, point trop laide, malgré cela, et qui avait l'astuce cauteleuse de ces natures essentiellement parisiennes auxquelles le grand air des champs a toujours manqué.

Joséphine Bargevin l'avait prise à l'âge de six ans, alors qu'elle courait les rues en haillons; elle l'avait élevée, soignée comme son propre enfant; elle l'aimait, et pourtant elle se défiait d'elle.

Zoé était menteuse; elle volait des petites choses, du pain, du sucre, de menues provisions

Souvent la blanchisseuse était obligée de la battre, et Simon, qui se défiait d'elle tout autant, avait plus d'une fois dit à sa femme :

— Nous avons tort de garder ce petit gibier de potence; tu verras qu'elle nous fera arriver malheur un jour ou l'autre.

A quoi la brave femme répondait :

— Et que veux-tu donc qu'elle devienne si nous la jetons à la porte ?

Simon grommelait entre ses dents et s'en allait à sa besogne, et la petite apprentie restait à la boutique.

C'était elle qui portait le linge aux pratiques du

quartier, faisait les commissions, surveillait le lait du matin sur le fourneau et épluchait les légumes; mais elle s'acquittait mal de ses différentes occupations. Paresseuse, portée à ce que le Parisien appelle la flânerie, elle restait en course des heures entières, s'amusait à bavarder chez les pratiques, et la plupart du temps disait du mal de ses patrons.

Au besoin, elle aurait inventé des histoires pour leur faire du tort.

Peu consciente des bienfaits de la pauvre blanchisseuse, elle voyait en elle le maître qui exploite l'ouvrier à son profit et lui abandonne un morceau de pain en échange d'un dur labeur.

L'arrivée des deux jeunes filles dans la maison, en excitant la jalousie de la petite fille, acheva de l'irriter contre sa patronne.

Il lui sembla, dans son esprit d'enfant pervers, que c'était son pain que ces nouvelles venues allaient manger, et qu'elles ne vivraient qu'aux dépens de son propre bien-être.

Zoé n'avait peut-être pas encore assez de raison pour se rendre un compte bien exact de la situation du moment.

Elle entendait parler d'aristocrates et de patriotes, crier : « Vive la République ! à bas les tyrans ! » Mais elle eût été peut-être bien embarrassée de dire ce que tout cela signifiait.

Cependant elle entendait dire journellement dans le quartier qu'on avait guillotiné telle ou telle personne reconnue pour aristocrate.

Aussi, cédant à cet instinct haineux qu'elle éprouva subitement à la vue des deux jeunes filles, fit-elle le souhait qu'elles fussent, elles aussi, guillotinées.

On doit à la vérité de convenir qu'on a beaucoup exagéré la Terreur.

Les victimes ont été nombreuses, plus nombreuses encore les délations; mais l'imagination a singulièrement exagéré les chiffres.

Le nombre des aristocrates guillotinés n'a point dépassé dix-huit mille, pour toute la France; et une simple dénonciation n'était pas toujours prise en considération par le comité de salut public.

Dans le quartier Montorgueil, il y avait une population assez pauvre, travailleuse, et qui n'était pas suspecte d'attachement aux tyrans.

La citoyenne Simon Bargevin, couverte d'ailleurs par les déclamations patriotiques de son mari, ne passait ni pour une femme riche, ni pour une aristocrate.

Elle avait assez de mal à gagner son pain quotidien pour qu'on ne la pût soupçonner d'avoir avec les aristocrates la moindre relation.

Personne donc ne fit attention aux deux jeunes filles installées dans sa boutique.

Elle dit à ses voisines : Ce sont mes nièces qui viennent se placer à Paris et qui travailleront avec moi jusqu'à ce qu'elles aient trouvé de l'ouvrage.

Le soir même, Simon promena Benoît le bossu dans les cabarets de la rue en le donnant pour son neveu, et nul n'en douta.

Les jeunes filles étaient modestement vêtues ; elles travaillaient avec ardeur, et personne ne s'avisa de regarder de trop près à leurs mains blanches et mignonnes.

Personne, pas même Zoé, ne douta un seul instant qu'elles ne fussent bien les nièces de sa patronne.

Mais Zoé, dès la première heure, leur avait voué une haine violente, haine que les circonstances devaient servir, comme on va voir.

Quarante-huit heures après l'installation d'Aurore et de Jeanne dans sa boutique, la mère Simon Bargevin mit son linge dans son panier et dit à Zoé :

— Tu vas porter cela au n° 17 de la rue du Cadran, chez la citoyenne Vertot.

La citoyenne Vertot était une fruitière.

Sa boutique était le rendez-vous de toutes les commères du quartier, et y on parlait politique du matin au soir.

Or quand Zoé arriva; son panier au bras, une portière qui venait faire sa provision de lait, racontait justement qu'une femme qui logeait dans sa maison et se donnait pour ouvrière, avait été reconnue pour une

aristocrate, arrêtée, conduite au tribunal révolutionnaire et envoyée à l'échafaud.

Zoé entrait au moment le plus palpitant du récit.

La fruitière lui fit signe de poser son panier et de ne
rien dire.

Ce qui fit que Zoé demeura plantée sur ses deux
pieds et écouta :

— Mais enfin, dit la Vertot, qu'est-ce qui l'a fait
soupçonner ?

— Elle avait des petites mains blanches et fines
comme seules en ont ces femmes-là, répondit la portière.

Zoé tressaillit.

— Il faudra que je regarde les mains des nièces de
la patronne, se dit-elle.

XII

Zoé revint toute pensive chez sa patronne.

La haineuse enfant avait fait, en chemin, une foule
de réflexions, et son intelligence s'était subitement dé-
veloppée.

Qu'était-ce, pour elle, que des aristocrates ?

Des gens qu'on guillotinait.

A quoi pouvait-on les reconnaître?

A leurs mains blanches.

Et Zoé se disait :

— Si les nièces de la patronne ont les mains blanches, c'est que ce sont des aristocrates, et alors il faut les guillotiner, ce qui fait que je serai toute seule, comme devant.

Zoé ne voyait pas au delà de ce but, mais ce but, elle voulut l'atteindre, et les enfants sont plus tenaces que les hommes.

Justement, quand elle revint, la mère Simon Bargevin était à table avec ses prétendues nièces; c'est-à-dire que le travail avait été un moment suspendu, et que la blanchisseuse et ses deux ouvrières, debout auprès de la table à repasser, trempaient du pain dans un bol de café au lait.

— Qu'est-ce que tu fais donc, Zoé? dit la blanchisseuse. Voilà plus d'une heure que tu es partie.

— On m'a fait attendre, répondit la petite fille qui jeta un regard de colère sur Jeanne et sur Aurore.

— Dis plutôt que tu t'es amusée en route à jouer avec des polissons comme toi, gronda la citoyenne Bargevin.

Et elle donna une taloche à Zoé.

Zoé se mit à pleurer.

6

— Mange ton café et à l'ouvrage! dit la blanchisseuse.

— Je n'ai pas faim, grogna l'enfant.

Et elle alla bouder dans un coin.

Mais ses yeux ne perdaient pas de vue les mains des
deux jeunes filles.

Et, certes, pas plus l'une que l'autre n'avait eu lé
temps, en deux jours, de faire disparaître la blancheur
et l'élégance de ses mains aristocratiques et la cornée
transparente de ses ongles roses.

Et, après ce sournois examen, Zoé se dit :

— Ça doit être ça des mains d'aristocrate.

Ce jour-là, Zoé ne sortit plus. Il n'y avait pas de
linge à rendre ou à aller chercher.

Elle demeura taciturne et songeuse dans la boutique, ne mangea pas plus à midi qu'elle n'avait mangé
le matin, et dit qu'elle était malade.

— Eh bien, va te coucher, dit la blanchisseuse avec
humeur.

Zoé ne se le fit pas répéter; elle gagna sa soupente
et se jeta sur son lit.

Il n'est personne, à Paris, qui ne sache ce que c'est
qu'une soupente.

On coupe en deux par un plafond une pièce un peu
élevée, et on fait ainsi deux étages d'un seul.

La boutique de la blanchisseuse avait été disposée
ainsi.

Simon et sa femme couchaient dans l'arrière-boutique.

Zoé s'accommodait de la soupente.

Lorsque Benoît le bossu et les deux jeunes filles arrivèrent, il fallut prendre de nouveaux arrangements.

On mit deux lits dans la soupente au lieu d'un.

Aurore et Jeanne devaient coucher ensemble à deux
pas de Zoé, à qui on avait pris son bois de lit, et dis-
posé un grabat dans un coin.

Benoît s'arrangea de la table à repasser.

— J'ai dormi toute ma vie dans un bois, dit-il, et
je ne sais pas ce que c'est qu'un lit. Je serai très-bien
comme ça.

Donc, si petite que fût la boutique, on avait pu y
loger tout le monde, au grand contentement de tous,
et au déplaisir extrême de Zoé.

Zoé s'était toujours considérée comme chez elle dans
sa soupente.

L'envahir, c'était, à ses yeux, porter atteinte à tous
ses droits, et cet envahissement était un grief de plus
à ajouter à tous ceux qu'elle avait déjà contre les deux
jeunes filles.

Elle était donc montée, ce jour-là, dans la soupente
et s'était jetée sur son lit, couvant sa haine et se ré-
pétant que puisque Jeanne et Aurore avaient les mains
blanches, elles étaient des aristocrates, et qu'alors on
devait les guillotiner.

La soupente avait une fenêtre qui donnait sur la cour de la maison.

Une cour étroite, sombre, où le jour descendait à peine du haut des cinq étages superposés, un puisard plutôt qu'une cour.

Zoé se mit à cette fenêtre au bout d'une heure et parcourut du regard les différentes croisées des étages supérieurs.

Que cherchait-elle ?

Zoé cherchait un auxiliaire.

Dans la rue du Petit-Carreau, où de porte en porte tout le monde se connaissait, on se connaissait bien mieux encore de locataire à locataire dans la même maison.

Le premier était occupé par un marchand de rubans ; le deuxième, divisé en deux appartements, avait par conséquent deux locataires : une femme qui exerçait la profession de lingère, un homme qu'on appelait le père *Bibi* et qui était sans profession apparente.

Le personnage affublé de ce nom était un petit homme entre deux âges, chauve, ventru, le nez orné d'une paire de bésicles bleues.

Hiver et été, cet homme portait une culotte de casimir noir, des souliers à boucles, un gilet blanc à grands revers, un habit marron et une canne à pomme d'argent.

Il était de belle humeur, chantait agréablement à

sa fenêtre, le matin tout en se faisant la barbe, et il passait pour avoir quinze cents livres de rente.

On le connaissait depuis plus de vingt ans, dans le quartier.

Bien avant la Révolution, au temps de la monarchie, le père *Bibi* habitait déjà la maison n° 7 de la rue du Petit-Carreau.

On le connaissait alors comme un jeune homme de province venu à Paris pour y manger modestement ses revenus.

Peut-être même avait-il un autre nom, mais ce nom, maintenant oublié, avait été remplacé par le sobriquet de Bibi.

Pourquoi ?

Notre homme, alors jeune, mince et ne portant pas de lunettes, avait fait les beaux jours d'une belle boulangère établie au coin de la rue Marie-Stuart, et qui l'appelait familièrement *Bibi*.

La boulangère avait fait une fin épouvantable.

Elle avait un mari, un bonhomme beaucoup plus vieux qu'elle, et qui passait pour être débonnaire à l'excès.

Il n'avait pas de meilleur ami que Bibi.

Le boulanger et la boulangère passaient pour très-riches. Comment? c'était un mystère, car on ne faisait pas fortune rapidement dans leur métier.

Cependant le bruit s'était répandu que le père

Mulot, c'était son nom, achetait des fermes en Brie et des maisons à Paris.

Une chose bizarre faisait jaser plus encore que les assiduités de Bibi auprès de la boulangère : de loin en loin, on voyait venir des hommes à mine étrange, surtout à l'heure où les boutiques se fermaient.

Ces hommes entraient chez le boulanger, et n'en sortaient plus.

Un matin, le quartier Montorgueil, en s'éveillant, se trouva mis en émoi par une nouvelle tout à fait inattendue.

Pendant la nuit, des archers de la police et des soldats de la maréchaussée avaient cerné la maison, arrêté le boulanger et la boulangère, ainsi que les hommes à mine supecte qui faisaient jaser depuis longtemps, et les avaient tous conduits au Châtelet.

Bibi, qui se trouvait dans la maison, s'était sauvé en chemise.

Pendant trois mois, les rumeurs les plus étranges circulèrent sur cet événement.

Le boulanger, sa femme et leurs complices mystérieux étaient toujours en prison.

Enfin, la lumière se fit, et la chambre criminelle du parlement rendit son arrêt.

Le boulanger, sa femme et les hommes inconnus, traduits en justice comme faux-monayeurs, furent condamnés à être roués vifs.

On apprit alors que, depuis plus de dix ans, il existait dans les caves de la maison un atelier pour la fabrication de pièces fausses d'or et d'argent.

Telle était la source de cette fortune qui avait pris des proportions scandaleuses.

Mais il y eut un homme qui, dès le premier jour, se refusa à croire à la culpabilité de la boulangère et se livra au plus violent désespoir.

Ce fut Bibi.

Le jour du supplice, Bibi donna tous les signes de la folie, et on fut obligé de le conduire à Charenton.

Il en revint trois mois après, guéri, mais triste, et, pendant bien des années, il ne parlait jamais de la boulangère sans verser des larmes.

Le bon Bibi devint, à la longue, M. Bibi, car le nom lui était resté.

Puis, les années aidant, il ne fut plus que le père Bibi.

La Révolution survint.

Au lieu de se cacher, au lieu de quitter Paris, Bibi demeura dans la maison qu'il habitait, continua à se vêtir comme à l'ordinaire, poudra ses cheveux, mit des rubans frais à sa queue, et déclara que la République n'avait pas de partisan plus dévoué.

Et la République, appréciant sans doute ce dévouement, le laissa parfaitement tranquille.

Bibi était ponctuel comme un vieux garçon.

Il sortait le matin pour déjeuner, rentrait à midi, changeait de linge, chantonnait une couple d'heures à la fenêtre, se rhabillait et allait se promener.

On disait qu'il allait voir guillotiner; mais cela n'était pas prouvé.

Et puis, du reste, il n'y avait après tout rien que de très-innocent à cela, car c'était un spectacle tout à fait à la mode.

Le soir, Bibi s'en allait dîner dans un petit cabaret de la rue Poissonnière, dépensait trente sous, buvait une tasse de café et un verre de kirsch, se promenait jusqu'à dix heures et rentrait se coucher.

Peut-être soupirait-il, en songeant à la boulangère qu'il avait tant aimée.

Or, Zoé connaissait M. Bibi qui lui donnait quelquefois un bâton de sucre de pomme quand elle était toute petite, et, depuis un an ou deux, elle avait entendu dire, comme tout le monde, que le bonhomme s'en allait tous les jours voir guillotiner.

Zoé n'avait jamais vu cela.

Ce jour-là donc, comme elle se penchait de la lucarne de la soupente dans la cour, elle aperçut le père Bibi à sa fenêtre.

— Tiens! se dit-elle, je vais aller voir M. Bibi; il me conduira peut-être voir guillotiner!

Zoé n'était pas fâchée de savoir ce que c'était, avant

de dénoncer les deux jeunes filles comme des aristocrates.

Elle voulait savoir si cela faisait beaucoup de mal...
l'innocente enfant !

Et Zoé se glissa hors de la soupente, traversa l'arrière-boutique sur la pointe du pied, gagna la cour
sans avoir éveillé l'attention de la blanchisseuse et de
ses deux ouvrières.

Puis elle enfila l'escalier qui montait à l'appartement occupé par le père Bibi.

XIII

Le père Bibi avait bien vu Zoé traverser la cour,
mais il ne se doutait guère que la petite montait chez
lui.

Pareille chose, du reste, n'était jamais arrivée à Zoé,
et pour qu'elle osât sonner à la porte du vieux garçon,
il fallait qu'elle fût travaillée par un désir bien ardent.

Zoé sonna donc.

Bibi alla ouvrir et fut tout étonné de voir la petite
fille.

Cependant il crut que la portière de la maison lui avait donné quelque commission.

— Bonjour, mon enfant, lui dit-il.

— Bonjour, monsieur Bibi, dit Zoé avec assurance.

— Que me veux-tu, petite ?

Zoé passa le seuil de la porte.

— Monsieur, dit-elle, je voudrais vous parler.

— A moi ?

— Oui, monsieur.

Et elle fit trois pas en avant.

— Mon enfant, dit le vieux garçon, de plus en plus étonné, il ne faut pas m'appeler *monsieur*. On ne se sert plus de ce mot. C'est *citoyen* qu'il faut dire.

— Oui, monsieur... citoyen, répondit Zoé.

— Mais enfin, que me veux-tu ?

Zoé prit un air mystérieux.

— Citoyen, dit-elle, je veux vous parler.

— C'est ta patronne qui t'envoie ?

— Oh! non. J'ai fait la malade, et la patronne croit que je suis sur mon lit, dans la soupente.

— Ta patronne ne sait pas que tu viens ici ?

— Non, citoyen.

Zoé avait une audace qui acheva d'intriguer M. Bibi.

Il ferma sa porte, prit l'enfant par la main, la conduisit dans sa chambre, lui offrit une chaise et lui dit:

— Voyons, parle; que me veux-tu?

Zoé demeura debout.

— Citoyen, dit-elle, je viens vous prier de m'emmener avec vous aujourd'hui.

— Hein? fit-il abasourdi.

— Oh! soyez tranquille, reprit-elle, personne ne me verra sortir de la maison, et j'irai vous attendre dans la rue du Cadran.

— Mais où veux-tu que je t'emmène?

— Où vous allez tous les jours.

Bibi tressaillit et regarda l'enfant plus attentivement.

— Comment, dit-il, où je vais tous les jours? Tu le sais donc?

— Oui! vous allez voir guillotiner; tout le monde sait ça dans la maison,

Le père Bibi haussa les épaules.

— Je crois que tu es un peu toquée, ma petite, dit-il.

— Eh! non, répliqua froidement Zoé; et si je vous dis ça, c'est que j'ai mon idée.

— Hein?

— Et quand j'ai une idée, voyez-vous, reprit la petite fille en se frappant le front, ça y est et ça n'en sort pas.

Tout d'abord, le père Bibi avait été tenté de jeter Zoé à la porte.

Mais la flamme sombre qui jaillissait des yeux de l'enfant, l'expression de résolution répandue sur son petit visage le frappèrent.

— Ah! dit-il, tu as une idée?

— Oui, citoyen.

— Et tu es venue pour me la dire ?

— C'est selon, fit Zoé.

Alors l'enfant regarda l'homme, et son regard mélangé de défiance sembla vouloir deviner la pensée secrète de celui qu'elle prenait pour confident.

— Ah! c'est selon, fit le père Bibi.

— Si vous ne devez pas *manger le morceau*, oui, dit-elle.

Manger le morceau est une figure d'argot qui peut se traduire par un seul mot: « trahir. »

Le peuple de Paris parle l'argot aussi bien que les voleurs, et Zoé était une enfant de Paris.

L'accent résolu, les manières étranges de la jeune fille achevèrent d'intriguer le vieux garçon.

— Quand on me confie quelque chose, dit-il, *je ne mange jamais le morceau.*

— Bien vrai?

— Certainement.

— Vous ne direz pas à ma patronne que je suis venue vous voir?

— Non.

— Ni ce que je vous dirai?

— Ce sera comme si tu ne m'avais rien dit.

Elle attachait toujours sur lui ses grands yeux sinistres.

— Je vous crois, dit-elle enfin, et je vais vous dire mon idée.

— Voyons !

Et le père Bibi attira la petite fille sur ses genoux.

— Vous savez que ma patronne a des ouvrières maintenant? reprit Zoé.

— Non, répondit Bibi.

— Elle en a deux, ses nièces, qui sont arrivées de la campagne.

— Ah !

— Je les déteste.

— Pourquoi donc ça?

— Je ne sais pas, mais je les déteste, répéta l'enfant avec un accent de haine qui fit tressaillir le père Bibi.

— Fort bien, dit-il; après?

— Ce matin, poursuivit Zoé, je suis allée chez la mère Vertot, la fruitière de la rue du Cadran. On y jasait des aristocrates qui ont les mains blanches et qu'on guillotine.

— Ah! vraiment? fit Bibi impassible.

— Quand je suis revenue à la boutique, reprit Zoé, j'ai regardé les mains des nièces de la patronne.

— Ah! ah!

— Et j'ai vu qu'elles étaient blanches.

— Bon!

— Alors, dit Zoé avec une effroyable naïveté, j'ai

pensé que c'étaient peut-être des aristocrates et qu'on pourrait les faire guillotiner.

Le père Bibi, caractère paisible, avait peut-être vu bien des choses épouvantables dans sa vie, quand ce n'eût été que le supplice de la boulangère, mais il demeura comme anéanti en présence de cet horrible sang-froid.

Zoé ne se déconcerta point et continua :

— Seulement, je n'ai jamais vu guillotiner, et je ne sais pas si cela fait bien mal.

— Mais oui, dit Bibi.

— Et on n'en revient pas ?

— Jamais.

— C'est bien ce que je voudrais, dit la féroce enfant. Mais j'aurais voulu voir; et si vous vouliez m'emmener...

— Ma petite, dit le père Bibi qui prit un air bon-homme, les gens qui t'ont dit que j'allais voir guilloti-ner sont de mauvaises langues.

— Ah ! fit Zoé d'un air de doute.

— Je n'y suis jamais allé et je ne commencerai pas aujourd'hui, continua le père Bibi ; mais, dis-moi, ma petite, depuis combien de temps ta patronne a-t-elle ses nièces avec elle ?

— Depuis avant-hier matin.

— Elles sont arrivées par le coche?

—Je ne sais pas; quand je me suis levée, elles étaient dans la boutique.

— Et où couchent-elles?

—Dans ma soupente.

— Et tu crois que ce sont des aristocrates?

— Je ne sais pas, mais je le voudrais bien. Et puis- qu'elles ont des mains blanches?

— Cela ne suffit pas.

— A quoi donc qu'on peut le savoir?

Et Zoé regarda naïvement le père Bibi.

—Si tu étais une petite fille discrète, reprit-il, je te dirais bien quelque chose.

— Vous pouvez parler, fit-elle : je ne dis que ce que je veux dire.

— Tu couches dans la soupente avec elles?

— Oui.

— Mais pas dans le même lit?

— Non.

— Eh bien, ce soir, tâche de ne pas t'endormir avant elles.

— Et puis?

— Seulement ferme les yeux comme si tu dormais.

— Ah ! bon, je comprends, dit Zoé, et j'écouterai ce qu'elles diront?

— Justement.

— Et puis je viendrai vous le dire demain?

—Tu es un petit ange, dit Bibi; tu comprends à demi-mots.

— Et vous me direz alors si ce sont des aristo-crates?

—Oui, mon bijou.

— Et si c'en est... vous me direz comment il faut que je fasse?

— Pourquoi?

—Pour les faire guillotiner.

— Oui, je te le dirai, mais tu prendras bien garde de rien dire à ta patronne.

— Oh! pour ça, bien sûr.

— Et qu'elle ne te voie pas quand tu monteras ici.

—Si j'allais vous parler dans la rue?

—Soit, dit Bibi.

— Où ça?

— Où tu voudras.

—Dans la rue Saint-Sauveur, alors?

— C'est bien.

—A quelle heure?

— L'heure que tu voudras.

—Eh bien, demain matin, vers six heures. J'irai justement rendre du linge dans la rue Saint-Denis.

— C'est convenu, dit Bibi.

Et il congédia l'enfant qui, deux minutes après, rentrait dans sa soupente, et dont personne n'avait remarqué l'absence.

Puis le père Bibi s'habilla tranquillement, prit son chapeau, sa canne à pomme d'argent et sortit.

En passant, il jeta un coup d'œil furtif dans la boutique de la mère Simon Bargevin.

Jeanne lui tournait le dos; mais Aurore lui apparut dans toute la splendeur de sa beauté.

— Hé! hé! murmura-t-il en s'éloignant, la petite Zoé a peut-être raison. Ça pourrait bien être du gibier de guillotine.

Et il descendit tranquillement vers la rue Montorgueil.

XIV

M. Bibi ou le père Bibi, comme on l'appelait habituellement, depuis qu'il portait des lunettes et avait perdu ses cheveux, était fort populaire dans tout le quartier.

On le connaissait depuis si longtemps.

Chacun le saluait, et il rendait à chacun son salut avec une aménité parfaite.

Il avait toujours dans les poches de son habit marron des dragées, du sucre de pomme, et il faisait le bonheur des enfants.

Si on était venu dire un matin que cet homme si bienveillant ne méritait pas sa réputation, et que la fin tragique de la boulangère était peut-être son œuvre, tout le monde aurait protesté.

La réputation du père Bibi était, comme sa mise, tout à fait irréprochable.

Sa vie, du reste, était à jour.

On savait où il logeait, où il dînait, et ce n'est pas en l'an de liberté 1793 qu'on aurait pu faire un crime à un homme de loisir comme lui d'aller voir tomber quelques têtes d'aristocrates dans le panier égalitaire, sur la place de la Révolution.

Il n'y avait qu'une chose qu'on ne savait pas, et dont, chose bizarre! personne ne s'était jamais inquiété: la source de ses quinze cents livres de rente. Etait-il inscrit sur le grand livre de la dette publique? Touchait-il une rente hypothécaire quelconque? Tirait-il ses revenus de quelque ferme de la Beauce ou de la Brie? Nul n'aurait pu le dire.

Tout ce que l'on savait, c'est qu'il n'avait jamais de dettes, payait comptant partout, et ne se gênait pas pour changer de temps en temps une pièce d'or, à une époque où les assignats avaient cours forcé et où la monnaie était si rare.

Le père Bibi descendait donc ce jour-là la rue Moutorgueil de ce pas alerte et nonchalant à la fois du flâneur parisien qui est ingambe et vert, mais que rien ne presse. Il reçut vingt saluts et les rendit, traversa les halles, gagna les quais, s'arrêta un moment sur le Pont-Neuf pour regarder un bateau qui s'en allait au fil de l'eau, arriva au coin du quai des Orfévres, et s'arrêta une seconde fois.

Mais ce n'était plus pour regarder un bateau.

C'était pour voir s'il ne remarquerait pas dans la foule des passants quelque figure de connaissance.

Le père Bibi était loin de son quartier et personne ne faisait plus attention à lui.

Alors il enfila le quai d'un pas rapide, atteignit l'angle de la rue de Jérusalem, et disparut tout d'un coup sous le porche d'une porte bâtarde qui donnait accès dans une allée étroite et sombre.

Au bout de l'allée, il trouva un escalier tortueux auquel une corde clouée le long du mur servait de rampe.

Mais avant de s'y engager, il tira un étui de sa poche, ôta ses lunettes et les mit dedans.

Sans doute, il n'avait besoin de bésicles que pour affronter la grande lumière du dehors.

Le père Bibi monta deux étages; puis de cette même poche où il avait mis ses lunettes, il tira une clé qu'il introduisit dans la serrure d'une porte.

La porte ouverte, Bibi se trouvait à l'entrée d'un

long corridor dans lequel régnait une demi-obscurité

Il referma la porte et suivit le corridor.

Au bout opposé, il y avait une autre porte sur laquelle il frappa deux coups.

Elle s'ouvrit aussitôt, et Bibi pénétra dans une petite salle assez noire, assez triste, aux murs gris sans papier ni tentures, meublée de chaises de paille et d'une sorte de bureau protégé par un grillage comme le comptoir d'un homme d'affaires.

Un petit monsieur, comme lui entre deux âges, vêtu d'un habit râpé, portant des manches de lustrine verte, ayant une plume derrière l'oreille, était assis devant une table derrière le grillage et compulsait de mystérieux dossiers.

Un cordon pendait auprès de lui.

C'était à l'aide de ce cordon qu'il avait ouvert porte par laquelle Bibi était entré.

Il ne leva même pas la tête.

— Ah! dit-il, continuant sa besogne, c'est vous Claude-Jean?

— C'est moi, répondit Bibi.

— Avez-vous quelque chose de nouveau?

— Rien depuis l'arrestation de la marquise de Brévannes, qui logeait rue Montorgueil.

— Il y a pourtant de la besogne dans Paris.

— Rien dans mon quartier.

— Ah!

— Et vous, avez-vous quelque chose de nouveau?

— Oui et non.

— Comment cela?

— Le citoyen X..., le représentant du peuple, vous savez, l'ami de Robespierre, est venu ici ce matin.

—Dans quel but?

— Il m'a demandé un homme habile, et cela pour une mission d'une délicatesse infinie.

— Ah! ah!

— J'ai songé à vous.

— Peuh! fit Bibi, que son interlocuteur continuait à appeler Claude, le citoyen X..., je connais ça.

— Sans doute, vous devez le connaître.

— Perdu de dettes, toujours à court d'argent... Il n'y aura pas de l'eau à boire.

— Vous vous trompez; le citoyen X... remue à présent de l'or à la pelle.

— Vraiment?

— Il y a mieux; il a versé une première somme à titre de provision.

— Où donc?

— Ici même. J'ai 2,000 livres à partager avec vous.

— En assignats?

— Non, en or, et en or autrichien, qui plus est.

Ce disant, l'homme aux manches de lustrine ouvrit le tiroir de sa table et en retira une sébile pleine de souverains d'or.

— Peste ! fit Bibi, s'il en est ainsi, on travaillera pour le citoyen X... De quoi s'agit-il ?

— Je n'en sais rien ; mais il vous le dira

— Où le trouverai-je ?

— Chez lui, rue Saint-Honoré, 243.

— A quelle heure ?

— A présent, il vous attend.

— J'y vais, dit Bibi.

Le petit homme ajouta :

— Voulez-vous de l'argent tout de suite ?

— Oh ! non, dit Bibi, vous m'en donnerez demain.

— Comme vous voudrez, j'ai mille livres en caisse à votre crédit.

Et le petit homme se remit à ses dossiers, tandis que Bibi reprenait le même chemin, enfilait le corridor, refermait soigneusement la porte de l'escalier, remettait ses lunettes sur son nez et sortait furtivement de cette maison du quai des Orfévres, non sans avoir auparavant jeté un rapide coup d'œil autour de lui.

Il n'y avait sur le quai que des gens indifférents qui de firent aucune attention au petit homme en lunettes.

Bibi remonta vers le Pont-Neuf, repassa le bras droit de la Seine, descendit la rue de la Monnaie, et entra dans la rue Saint-Honoré, qui ne s'appelait plus que la rue Honoré, tous les saints se trouvant, pour le moment, sur la liste des émigrés.

Le citoyen X..., que nous avons entrevu chez la

signora Antonia à Palaiseau, tout en aimant le luxe, le bon vin et la grande chère, avait cru devoir faire à ses opinions puritaines quelques sacrifices. Bien qu'il eût désintéressé ses créanciers, grâce aux largesses de l'opulente citoyenne, qu'il bût de grands vins de Bordeaux et mangeât des truffes tous les soirs, il avait conservé on misérable logis de la rue Saint-Honoré, à deux pas de la maison qu'habitait Robespierre.

Il n'avait pas même d'officieux, renvoyait sa femme de ménage à midi, et ce fut lui qui vint ouvrir lorsque Bibi eut tiré le cordon de laine graisseux qui pendait au long de la porte.

Le citoyen X... recevait beaucoup de monde; de plus, il n'avait jamais vu Bibi.

— Que me voulez-vous? De la part de qui venez-vous? lui demanda-t-il brusquement.

— Citoyen, répondit Bibi, je viens du quai des Orfévres.

— Ah! fort bien.

— Je m'appelle Claude-Jean.

— Et c'est Paul qui vous envoie?

— Justement.

— Entrez, dit le citoyen X..., nous allons causer.

Il conduisit le père Bibi au fond de son chétif appartement, se mit à califourchon sur une chaise, tandis que son visiteur demeurait debout, et lui dit :

— Connaissez-vous la citoyenne Antonia ?

— Certainement, dit Bibi, c'est moi qui l'ai arrêtée il y a six mois. Le comité l'a fait relâcher ; pourquoi ? Je n'en sais rien. Cela ne me regarde pas.

— Le comité l'a fait relâcher, dit froidement le citoyen X..., parce qu'elle rend de grands services à la République.

— Ah ! c'est différent, fit Bibi.

— Donc vous la connaissez ; c'est elle qui a besoin de vous.

— Bon ! dit Bibi.

— Vous la trouverez chez elle, à Palaiseau ; et je vous engage à y aller à l'instant même. Je puis vous assurer que vous ne perdrez pas votre temps et vos peines. Elle paye bien et en argent monnayé. A Palaiseau, tout le monde vous indiquera sa maison

— Fort bien, dit Bibi ; mais ne pourrais-je savoir à peu près de quoi il s'agit ?

— De l'arrestation de deux femmes qu'on soupçonne avoir des relations avec l'armée de Condé et être venues à Paris avec une mission pour les comités royalistes. La citoyenne Antonia vous donnera tous les renseignements dont vous avez besoin. Mais il faut aller vite et ne pas perdre une minute

— Si elles sont à Paris, répondit Bibi, ce sera l'affaire de quarante-huit heures ; mais il est inutile que j'aille sur-le-champ chez la citoyenne Antonia.

— Pourquoi ?

— Citoyen, répondit Bibi, voici vingt ans que je ne rends de signalés services à la police que parce que personne ne m'a jamais soupçonné d'en être..

C'est moi qui jadis ai fait arrêter la boulangère qui fabriquait de la fausse monnaie.

— Eh bien ?

— Depuis vingt ans j'habite la même rue, la même maison ; tout le monde me connaît, et on a l'habitude de me voir aux mêmes heures. Si je ne vais pas dîner à mon cabaret ce soir, on le remarquera.

— Il faut pourtant que vous alliez voir la citoyenne Antonia.

— J'irai.

— Mais quand ?

— Cette nuit. Quand les boutiques sont fermées, quand tout le monde est couché, il m'arrive souvent de sortir, et jamais on ne m'a vu rentrer.

— Bien, dit le citoyen X..., la citoyenne Antonia vous recevra à n'importe quelle heure de la nuit, d'autant mieux que je la verrai ce soir et que je la préviendrai.

Bibi s'en alla.

— Ce serait curieux, murmura-t-il en reprenant le chemin de la rue Montorgueil, que les deux femmes dont il s'agit fussent précisément les deux jeunes filles que cette charmante petite Zoé aurait tant de plaisir à faire guillotiner.

XV

Comme on a pu le voir, le père Bibi tenait à la considération de son quartier.

Il ne changea donc rien, ce jour-là, à ses habitudes;
il alla dîner dans le cabaret où, à sept heures précises,
on le servait depuis vingt ans, fit sa partie de *jaquet* au
café voisin, et rentra vers dix heures moins un quart.

La mère Simon Bargevin fermait sa boutique.

— Bonsoir, père Bibi, lui dit-elle.

— Bonsoir, voisine, répondit Bibi.

Et il jeta un coup d'œil furtif dans la boutique.

La boutique était plongée dans l'obscurité; mais
l'arrière-boutique donnant sur la cour était encore
éclairée.

Autour d'une table, le citoyen Simon Bargevin, Benoît, la petite Zoé et les deux jeunes filles achevaient
de prendre leur repas du soir.

Le matin, Bibi avait aperçu Aurore.

Cette fois, ce fut Jeanne qui se trouva en pleine lumière.

Cet homme, que tout le quartier prenait pour un

bourgeois paisible, et qui était un des hommes de police les plus adroits et les plus habiles, avait un de ces
regards et une de ces mémoires qui sont le génie d'une
profession comme la sienne.

Quand il avait vu une personne une fois, ne fût-ce
que l'espace d'une seconde, c'était fini. Son image
était à jamais gravée dans sa mémoire.

—Eh ! se dit-il, en enfilant la sombre et humide
allée de la maison, Zoé pourrait bien avoir raison ; la
brune, avec ses grands yeux bleus, la blonde, avec son
visage de madone, sont un peu bien distinguées pour
des nièces de blanchisseuse.

Et il monta les marches.

C'est-à-dire qu'il rentra chez lui, ferma sa porte au
verrou, se promena bruyamment pendant dix minutes, afin de faire comprendre aux voisins de dessous et d'à côté qu'il était rentré, souffla sa chandelle,
ferma sa fenêtre et demeura coi.

Seulement, au lieu de s'être déshabillé et mis au lit,
il avait posé une chaise auprès de la fenêtre et il
s'était placé en observation.

Comme il l'avait dit au citoyen X..., la maison était
habitée par des gens paisibles, qui rentraient de
bonne heure et se hâtaient de dormir pour réparer les
fatigues de la journée et se préparer aux fatigues du
lendemain.

Caché derrière ses rideaux, Bibi vit s'allumer et

s'éteindre les lumières aux différents étages de la maison, puis il entendit fermer la porte d'entrée.

— Voilà le savetier qui rentre, se dit-il.

Le savetier était un pauvre ouvrier qui travaillait en ville chez un des premiers bottiers de la capitale. Il n'était jamais libre avant dix heures. Et comme il rentrait le dernier, que la maison n'avait pas de concierge, c'était à lui qu'incombait le soin de fermer la porte.

Le savetier rentré, il n'y avait plus personne de hors.

Bibi entendit son pas lourd dans l'escalier, puis le bruit de ce pas s'éteignit. Le savetier était chez lui, tout en haut, au dernier étage, sous les toits.

Alors Bibi n'hésita plus.

Il ôta ses lunettes, s'affubla d'une perruque blonde, s'enveloppa d'une longue redingote à collet qu'il releva de façon à cacher la moitié de son visage.

Puis, ainsi déguisé, ainsi métamorphosé, il sortit de chez lui sur la pointe du pied.

Un fantôme n'est pas plus silencieux.

Bibi descendit, fit courir le verrou que le savetier tirait, ouvrit la porte lentement, de façon à ne pas faire grincer les verrous, et se trouva dans la rue, après avoir refermé cette porte à l'aide d'un passe-partout qu'il avait toujours sur lui, comme la plupart des locataires de la maison.

La rue du Petit-Carreau était déserte ; et il était alors près de minuit.

Bibi descendit vers les halles.

Là il était sûr de trouver une voiture.

Par cette terrible année 1793, le fiacre était l'unique voiture qui osât circuler dans les rues de Paris.

Depuis le carrosse dans lequel on avait conduit à l'échafaud le roi Louis XVI vêtu de blanc, on n'avait pas revu d'autre carrosse.

Mais le fiacre, voiture populaire, avait survécu. Le citoyen X... allait en fiacre et Robespierre aussi, quand il pleuvait et qu'il ne voulait pas salir ses escarpins ni maculer ses bas de soie.

A l'angle de l'ex-église dédiée à l'ex-saint Eustache, Bibi trouva un de ces véhicules.

Il y monta et dit au cocher :

— Barrière d'Enfer !

— Tu sais qu'on ne sort pas, citoyen, dit l'automédon.

— Va toujours, tu verras bien, répondit Bibi.

Le fiacre roula. Vingt minutes après, il arrivait à la barrière.

La barrière était fermée.

Un municipal vint ouvrir la portière du fiacre et dit à Bibi :

— As-tu un passe-port, citoyen ?

— Voilà, répondit Bibi.

Et il exhiba une petite carte jaune, sur laquelle on lisait : *Police de la République.*

Le municipal, qui était un bourgeois timide, se confondit en excuses et ouvrit lui-même la grille en fer de la barrière.

— Tiens ! pensa le cocher, il paraît que je conduis un homme du gouvernement ; j'ai eu tort de le brusquer. Ils ont beau parler d'égalité, mais au fond ils sont tous aristocrates.

Et l'automédon repentant fouetta ses rosses et prit la route d'Étampes.

Seulement il ôta son bonnet, et, se penchant vers la portière :

— Excusez-moi, citoyen, dit-il, mais où allons-nous ?

— A Palaiseau, répondit Bibi.

Ce n'était pas la première fois que le cocher faisait la course, car il ajouta :

— Serait-ce chez la citoyenne Antonia ?

— Justement.

— Alors, c'est bon.

— Tu sais où c'est ?

— Pardine !

— Trois livres de pourboire si tu marches bien.

Le cocher, enthousiasmé, fouetta ses chevaux et fit encore cette réflexion :

— Je ne risque rien d'être poli. Quand on pense

que j'ai là dans ma voiture un gaillard qui pourrait si ça lui plaisait, me faire couper le cou demain matin, à la première heure.

Une heure après, Bibi arrivait à Palaiseau.

Le citoyen X... l'avait devancé, et la citoyenne Antonia était prévenue.

Bibi fut introduit dans le boudoir de la citoyenne et trouva le citoyen X...

— Citoyen, lui dit Antonia, c'est vous qui m'avez arrêtée; mais je ne vous en veux pas; je vous tiens même pour un homme habile, et c'est ce qui m'engage à avoir recours à vos services.

Bibi, que le citoyen X... avait eu quelque peine à reconnaître sous son déguisement, s'inclina avec courtoisie.

Antonia continua :

— Il s'agit de retrouver dans Paris deux femmes, deux jeunes filles, qui sont des émissaires de l'émigration.

— Bien, dit Bibi avec flegme.

— Elles ont été vues, il y a trois jours, près d'ici, à Antony, dans un cabaret qui a pour enseigne : *Au rendez-vous des bons patriotes.*

— Fort bien, dit Bibi.

— L'une est brune, l'autre blonde.

— Ah !

— Elles ont quitté le cabaret pendant la nuit, en compagnie d'un paysan qui est bossu.

— Très-bien!

Et Bibi tira un crayon de sa poche et prit une note.

— Enfin, je vais vous donner le signalement de l'une et vous montrer le portrait de l'autre.

— J'écoute, dit l'agent de police.

— L'une est brune, grande, svelte, avec des yeux bleus. Elle a l'air hautain. La petitesse de ses mains est remarquable. Elle a environ vingt-sept ans.

— Bon ! fit Bibi.

— Quant à l'autre, poursuivit Antonia, voici son portrait ; on me l'a envoyé de Vienne

Et Antonia tira de son sein le médaillon trouvé sur la route par Polyte.

Ce médaillon représentait Gretchen, la mère d'Aurore et de Jeanne ; mais comme celle-ci était la vivante image de sa mère, il pouvait servir à la retrouver.

A peine eut-il jeté les yeux sur ce médaillon, que Bibi reconnut la jeune fille qu'il avait vue dans la boutique de la blanchisseuse, la mère Simon Bargevin.

Un homme plus naïf que lui n'aurait pu réprimer un cri de surprise ou tout au moins un geste d'étonnement.

Mais Bibi ne sourcilla pas et demeura impassible.

— Pensez-vous que vous pourrez les retrouver? demanda la citoyenne Antonia

— Sans doute, répondit Bibi.

— Dans combien de temps?

— Deux jours au moins, quatre au plus.

— Il y a six mille livres pour vous, si vous les re-trouvez dans les deux jours.

— On tâchera, dit Bibi.

Et il mit le médaillon dans sa poche.

XVI

Tandis que le père Bibi rentrait chez lui, attendait que tous les locataires fussent couchés, puis sortait furtivement pour aller prendre les ordres de la citoyenne Antonia, la petite Zoé était fidèle au pro-gramme qui lui avait été tracé par le vieux garçon.

Zoé, la petite fille chétive et malingre, l'enfant de Paris astucieux et méchant, avait une volonté de fer, et son âme était faite pour les haines implacables.

Elle avait juré la mort de ces deux jeunes filles, dont la présence dans la pauvre maison de la blanchis-seuse diminuait d'autant son bien-être matériel et la reléguait au second plan.

Dès la première heure, elle avait entrevu l'avenir qui lui était réservé.

Désormais, elle recevrait plus de coups qu'à l'ordinaire, sa pitance serait moins copieuse et on lui ménagerait les aliments avec d'autant plus de parcimonie qu'il y aurait deux bouches de plus à nourrir.

Et puis ce n'était pas encore les seules raisons de cette haine presque instantanée qu'elle avait éprouvée.

Zoé était laide; on le lui disait assez souvent.

Quand elle avait vu la belle Aurore avec son visage de reine, et Jeanne, dont les cheveux blonds encadraient un profil de madone, elle s'était regardée elle-même dans un morceau de glace suspendu au mur de la boutique.

Elle avait vu sa figure pâlotte, grêlée comme une écumoire, et ses dents mal plantées, et ses cheveux en broussaille.

Cet examen, à son insu peut-être, avait doublé sa haine.

Donc Zoé avait suivi fort exactement les recommandations de Bibi.

Elle était descendue pour souper, disant toujours qu'elle était malade; mais c'était moins la faim qui lui avait fait quitter sa soupente que le désir de savoir si on ne l'avait pas vue, par hasard, monter chez le père Bibi.

Il lui fut facile de se convaincre que personne ne s'était aperçu de son équipée.

La blanchisseuse, bonne femme au fond, la traita doucement et crut à sa maladie, la voyant manger du bout des dents.

Elle lui fit même prendre un verre de vin chaud, voulut la coucher elle-même et la couvrit plus qu'à l'ordinaire, de façon à la faire transpirer, ce qui est le remède unique des pauvres gens.

Zoé se coucha, et la blanchisseuse redescendit.

Une heure après, elle remonta, inquiète, et trouva l'enfant endormie.

C'est-à-dire que Zoé avait les yeux fermés et avait fourré sa tête sous les couvertures. Mais Zoé ne dormait pas, et son mauvais cœur battait d'impatience.

— Elle dort, dit la blanchisseuse en redescendant; demain il n'y paraîtra plus; c'est peut-être un peu de fatigue.

— Tu la ais trop travailler, dit Simon Bargevin, qui, tout brutal qu'il était, était un bon et brave homme.

— Pauvre petite! dirent les deux jeunes filles.

Une heure après que Zoé fut couchée, Aurore et Jeanne montèrent à leur tour dans la soupente.

Zoé ne bougeait pas, mais elle avait soulevé un coin de sa couverture, ouvert un œil, et elle vit les deux jeunes filles se déshabiller, se mettre au lit et enfin souffler leur lumière.

Il y eut d'abord un silence, puis Aurore soupira.

Alors Zoé, qui avait l'oreille fine comme un animal carnassier, entendit Jeanne qui disait tous bas :

— Pauvre chère sœur, pourquoi soupires-tu ainsi ?

— Chère enfant, répondit Aurore sur le même ton, je pense aux dangers qui nous entourent, non pour moi, mais pour toi.

— Ah ! dit Jeanne, je suis courageuse, va ! Et puis cet horrible temps ne peut pas durer.

— Qui le sait ? dit Aurore.

— Les braves gens qui nous ont cachées chez eux, reprit Jeanne, comme ils sont pleins de bonté et de gentillesse pour nous ! Ah ! j'ai eu bien peur là-bas, l'autre nuit, dans cette auberge, avec tous ces hommes qui nous regardaient comme s'ils eussent voulu lire au fond de notre âme.

Aurore soupirait toujours et ne répondait pas.

— Il y en avait un surtout qui te regardait, toi, ma sœur, poursuivit Jeanne. Sans doute le misérable te trouvait belle.

— C'est pourtant grâce à lui que nous sommes ici, dit Aurore. S'il n'avait pas tenté de nous faire violence, peut-être que le citoyen Coclès ne nous eût pas prises ainsi sous sa protection.

— Mais aussi, poursuivit Jeanne, pourquoi sommes-nous venues à Paris ? Crois-tu donc que nous n'étions pas tout autant en sûreté dans le pays, où tout le monde nous aimait?

— N'a-t-on pas détruit le couvent?

— C'est vrai.

— Arrêté dom Jérôme?...

— O mon Dieu! murmura Jeanne, je frissonne quand je pense à lui. Qui sait ce qu'ils en auront fait?

Aurore ne répondit pas.

— Enfin, reprit Jeanne, il y avait longtemps que tous les nobles étaient partis, qu'on avait brûlé leurs châteaux, confisqué leurs terres, et nous on nous saluait. Tu sais ce paysan, Jacques Brizoux, qui tua un jour un cerf devant tes chiens, et qui maintenant est maire de Sully, n'est-il pas venu nous voir pour nous dire que nous n'avions rien à craindre et qu'il nous protégerait?

— C'est vrai, dit Aurore.

— Oh! pourquoi sommes-nous parties? dit encore la jeune fille...

— Pour retrouver notre cousin Lucien, dit Aurore. Et elle soupira encore.

— Aurore... Aurore... murmura Jeanne, tu as un secret au fond du cœur.

Aurore se tut de nouveau, mais sans doute qu'elle fit un brusque mouvement, car Zoé, qui n'avait pas perdu un mot de cette conversation à voix basse, entendit le lit qui craqua légèrement.

1   8

Sans doute que Jeanne n'osa pas en dire davantage, car Zoé n'entendit plus rien.

Les deux jeunes filles se tournèrent et s'agitèrent quelques minutes encore; puis le silence se fit.

Jeanne dormait et peut-être qu'Aurore avait fini par succomber, comme elle, au sommeil.

Mais Zoé savait maintenant trois choses.

D'abord elles n'étaient pas les nièces de la blanchis-seuse.

Ensuite elles avaient couru un grand danger sur la route, et le citoyen Coclès les avait sauvées.

Or Zoé savait parfaitement que le citoyen Coclès était le beau-frère de sa patronne, et qu'il avait son auberge sur la route d'Orléans.

Enfin, les deux jeunes filles avaient parlé de leur château, ce qui était une preuve qu'elles étaient des aristocrates.

Et Zoé pensa que ce qu'elle savait était suffisant pour envoyer les deux jeunes filles à la guillotine, et comme elle mourait de sommeil, elle s'endormit à son tour.

Le lendemain matin, la citoyenne Simon Bargevin se leva comme à l'ordinaire, entre cinq et six heures, et ouvrit sa boutique.

Au bruit qu'elle fit, Aurore et Jeanne s'éveillèrent.

Zoé s'éveilla aussi, mais elle ne bougea pas.

Les deux sœurs se levèrent; et comme Zoé paraissait dormir encore, elles se reprirent à causer.

— Ma bonne Jeanne, disait Aurore, je suis bien désolée, va, et voici deux jours que je n'ose rien t'en dire. Mais il nous est arrivé un grand malheur.

— Qu'est-ce donc? demanda Jeanne avec effroi.

— Tu sais... le médaillon que j'avais au cou?...

— Oui, le portrait de notre mère?

— Oui.

— Eh bien?

— Eh bien, je ne le retrouve plus; je l'ai perdu.

— O mon Dieu!

— J'avais espéré qu'il était tombé dans l'auberge d'où nous nous sommes sauvées si précipitamment, et comme je m'étais aperçue de cette perte en arrivant ici, je l'avais dit à Coclès. Le brave homme m'avait promis de le chercher et de me le rapporter le plus tôt possible. Hélas! il ne l'aura pas trouvé, puisqu'il n'est pas revenu.

— En as-tu parlé à Benoît!

— Non.

— Qui sait? dit Jeanne. Benoît l'a peut-être.

— Il nous l'aurait dit.

— Mais ne te rappelles-tu pas qu'un jour il nous a dit : Vous avez tort de porter cela, demoiselle. Si l'on nous arrêtait, cela vous jouerait un mauvais tour.

— Eh bien?

— Eh bien, Benoît a peut-être pris le médaillon pour le cacher quelque part.

— Ah! fit Aurore, si tu pouvais dire vrai?

Tout en causant, les deux jeunes filles s'étaient habillés et elles descendirent.

La soupente prenait jour d'un côté sur la cour, de l'autre, sur la boutique par un carreau.

Quand elles furent en bas, Zoé se glissa hors de son lit et alla coller son visage pâle au carreau.

Benoît était levé et Aurore le questionnait.

Zoé le vit, son bonnet de laine à la main, dans une attitude respectueuse, debout devant les deux jeunes filles.

Aurore lui disait :

—Je t'en prie, Benoit, si tu as le médaillon, dis-le-moi.

— Demoiselle, répondit Benoît, je vous jure que je ne l'ai pas.

Ce mot de *demoiselle* apprenait à Zoé une quatrième chose, c'était que Benoit n'était pas plus le frère des deux jeunes filles qu'elles n'étaient elles-mêmes les nièces de la blanchisseuse.

Zoé resta encore une heure dans son lit, puis elle descendit à son tour.

—Comment vas-tu, mon enfant? lui demanda la citoyenne Bargevin.

—Je vais mieux, répondit-elle, et je puis travailler.

— Tu ne travailleras pas, mais tu iras porter du linge rue Saint-Sauveur, lui dit la blanchisseuse.

— Quand ? demanda l'enfant.

— Sur le battant de dix heures.

Le cœur de Zoé tressaillit d'une joie féroce.

Dix heures ! C'était bien le moment du rendez-vous qu'elle avait donné au père Bibi, et maintenant elle avait trop de choses à lui raconter pour ne point s'y trouver à la minute.

Zoé comprenait vaguement qu'elle avait trouvé dans cet homme à face débonnaire, et qui abritait son regard sous des lunettes, un auxiliaire qui lui donnerait le moyen de dénoncer ses ennemies comme aristocrates, s'il ne se chargeait pas lui-même de cette sinistre besogne.

Et Zoé déjeuna, ce matin-là, d'excellent appétit.

La haine n'exclut pas la faim.

Au contraire !...

XVII

Le père Bibi, ou M. Bibi, ou le citoyen Bibi, car on lui donnait tour à tour ces trois appellations, était un homme fort.

8.

Jamais son visage ne trahissait sa pensée ; jamais il ne laissait paraître au dehors les émotions grandes ou petites qu'il éprouvait au dedans.

Il était donc demeuré parfaitement calme à la vue du médaillon que lui avait présenté la citoyenne Antonia et qu'il avait mis dans sa poche, comme un juge s'empare d'une pièce à conviction.

Pourtant il aurait pu s'écrier :

— Mais cette femme, je la connais ! Je sais où elle est ! je puis vous la livrer quand vous voudrez.

Le père Bibi était de la grande école.

De même qu'un ministre qui ne fait pas faire antichambre aux solliciteurs n'est pas un grand ministre, de même un agent de police qui trouve sur-le-champ ce qu'il doit chercher n'est pas un agent sérieux.

En outre, le père Bibi avait deviné, sinon la vérité tout entière, au moins une partie de la vérité.

La citoyenne Antonia avait trop parlé des intérêts de la République pour que la République eût la moindre chose à craindre de ces deux pauvres jeunes filles qui se cachaient chez une blanchisseuse.

La citoyenne Antonia avait donc un motif personnel de se débarrasser d'elles.

Et Bibi savait encore que c'est une phrase vide de sens, que celle qui prétend que l'intérêt de l'État passe avant l'intérêt particulier.

L'État paye mal — et c'est son droit — les services qu'on lui rend.

Il y a des gens qui n'ont pas d'autre métier que de servir l'État.

Mais les particuliers payent mieux, par la raison toute simple qu'ils n'ont pas des serviteurs à demeure.

Par conséquent, Bibi, qui raisonnait vite et juste, s'était dit :

— Si la citoyenne Antonia veut envoyer ces deux enfants à la guillotine, elle y mettra le prix.

Et Bibi, qui n'avait qu'un mot à dire pour emplir de joie le cœur de Toinon, devenue la citoyenne Antonia, Bibi ne dit rien, mit le médaillon dans sa poche et s'en alla.

En chemin, Bibi continua à réfléchir.

— Quel intérêt la citoyenne Antonia pouvait-elle avoir à se débarrasser des deux jeunes filles ?

Les hommes de police savent tout. S'ils sont discrets, c'est que leur profession le veut ainsi, mais si on les interroge, ils répondront.

Il y avait vingt ans que Bibi était de la police.

Quand un gouvernement tombe, celui qui le remplace congédie ses ministres, ses hauts fonctionnaires et tout ce qui lui était dévoué. Il garde sa police.

La République avait conservé la police de la monarchie, et M. Bibi, devenu le citoyen Bibi, continuait à émarger sur les fonds secrets.

La police n'est pas un métier : c'est un art.

L'agent de police qui a le feu sacré, espionne pour son propre compte.

Bibi s'était donné le plaisir d'étudier tous les grands hommes de son époque.

Il savait sur le bout du doigt les petits côtés de ces âmes romaines qui faisaient la gloire de la République.

Les élégances ridicules de Robespierre, les passions tinanesques de Danton, la vénalité du citoyen X..., il connaissait tout !

Si le citoyen X... avait fait relâcher Antonia, c'est qu'elle lui avait donné de l'argent.

Si le citoyen X... soupait chez elle, c'est qu'il était son amant.

Et, s'il était son amant, c'est qu'Antonia, déjà vieille, laide, grêlée et bossue, se ruinait pour lui.

Or, Bibi se connaissait en femmes aussi bien qu'en hommes.

Le citoyen X..., représentant du peuple français, pouvait se tromper sur Antonia; mais Bibi, qui avait vu l'ancien régime et connu de vraies grandes dames, ne pouvait s'y tromper, lui.

Évidemment Antonia était quelque femme de chambre, quelque servante enrichie de la dépouille de ses maîtres, et ses maîtres pouvaient fort bien être les deux jeunes filles.

Si Antonia avait pris leur bien, elle était assez riche pour faire convenablement les choses.

Car Bibi était un homme consciencieux autant que dépourvu de cœur.

Antonia l'intéressait moins que Jeanne et Aurore ; mais Antonia payait. Bibi n'avait aucune objection à faire, et il servirait Antonia et mettrait les pauvres petites au pied de l'échafaud.

Bibi s'était fait tous ces beaux raisonnements en rentrant à Paris.

Il s'alla donc coucher avec la tranquillité d'une belle âme, et se dit en se fourrant au lit :

— Je ne changerai rien, demain non plus, à mes habitudes. Je me lèverai entre huit et neuf, j'irai déjeuner à dix heures.

En passant, je ferai un petit crochet dans la rue Saint-Sauveur pour voir si la petite Zoé a quelque chose à me dire.

Puis je rentrerai chez moi, je ferai ma barbe, changerai de linge et m'en irai comme à l'ordinaire.

Seulement, au lieu d'aller voir guillotiner, je m'en irai causer un brin avec le citoyen Paul.

Qu'était-ce que le citoyen Paul?

Voilà ce que nous allons vous dire en peu de mots.

Vers la fin de l'année 1792, le citoyen Lerouge, chef de la première division au ministère de la justice, le citoyen Garat étant ministre et le citoyen Solier secrétaire général, — le citoyen Lerouge, disons-nous, reçut la visite d'un homme déjà vieux, mais dont le regard avait conservé toute l'énergie de la jeunesse. Cet homme lui dit :

— Citoyen, je suis un ci-devant, mais un ci-devant qui n'a plus ni château, ni terres, ni famille, et qui exècre la caste dont il est sorti. Je viens vous demander s'il vous plaît de me faire guillotiner, ce qui me débarrassera de tout souci, ou de m'employer, ce qui rendra peut-être de grands services à la République.

Ce langage étrange frappa le citoyen Lerouge qui avait dans ses attributions la police de sûreté.

— A quoi pouvez-vous être utile ? lui demanda-t-il.

— Je vous l'ai dit, reprit cet homme, j'ai ma caste en horreur, et c'est avec délice que j'ai vu arriver le renversement de la monarchie.

Pourquoi cette haine, pourquoi cette joie ? ne me le demandez pas, c'est mon secret.

— Mais enfin, répéta le citoyen Lerouge, qui était un homme pratique, que pouvez-vous faire pour la République?

— Je puis être agent de police.

Le citoyen Lerouge eut un geste de dégoût.

Cet homme eut un sourire hautain et répliqua :

— Peut-être ai-je à me venger. Au surplus, je ne demande pas votre estime. Voulez-vous de mes services? Je puis en rendre de très-grands. N'en voulez-

vous pas ? Faites-moi arrêter, et envoyez-moi devant
le tribunal révolutionnaire ; là, j'établirai mes noms,
titres et qualités d'une façon suffisante pour que le
bourreau n'y perde rien.

Le citoyen Lerouge accepta les services de l'inconnu
qui ne voulut pas dire son vrai nom, et entra dans la
brigade de sûreté sous celui de Paul.

Le citoyen Paul ne s'était pas vanté.

En un mois, il fit arrêter trente et quelques nobles
la plupart de la province de l'Orléanais et du Blaisois.

Il fournit de précieuses indications sur un certain
chevalier de Fomberle qui, après avoir émigré, était
revenu à Paris, organisait un comité royaliste et
déjouait toutes les recherches.

Le citoyen Paul le fit surprendre dans une échoppe
de cordonnier sur le quai de la Tournelle.

Le 19 janvier suivant, la conspiration des Chevaliers
du Poignard, qui devaient délivrer Louis XVI, échoua.

Ce fut encore l'œuvre du citoyen Paul.

Ce coup de maître lui valut la place de chef de
la police secrète, et ce fut ainsi que le père Bibi se
trouva directement sous ses ordres.

Il est de certaines natures vicieuses qui s'attirent
et qui se comprennent.

Une mystérieuse sympathie eut bientôt uni le citoyen Paul au citoyen Bibi.

Bibi n'était pas ambitieux ; il faisait son métier ou

philosophe, et s'il se faisait payer le plus cher possible, il ne briguait pas les honneurs.

Le citoyen Paul, après avoir été son égal, devenait son supérieur; mais Bibi n'en conçut aucun ombrage.

Tous deux continuèrent à travailler dans l'ombre pour le bien de la République, qu'ils n'aimaient, du reste, ni l'un ni l'autre.

Donc Bibi fut fidèle au programme qu'il s'était tracé.

Il se leva à son heure habituelle; il s'en alla déjeuner à son cabaret, et en chemin il fit le crochet convenu. Il entra dans la rue Saint-Sauveur, où Zoé, son panier de linge à la main, l'attendait.

Zoé vint à lui du plus loin qu'elle l'aperçut.

Elle était rayonnante.

— Ah! citoyen, dit-elle, ce sont deux aristocrates pour sûr...

— Vraiment? fit Bibi.

Et Zoé lui raconta tout ce qu'elle avait vu et entendu pendant la nuit dernière et le matin.

Bibi avait une excellente mémoire. Néanmoins, il tira un calepin de sa poche et prit des notes.

— Eh bien, citoyen? demanda Zoé, pensez-vous que ça soit suffisant?

— Pour quoi faire?

— Dame! pour les faire guillotiner, dit ingénument l'enfant féroce.

Bibi se prit à sourire.

— Cela dépend de toi, dit-il.

— De moi ?

— Oui, mon bijou.

— Ah ! que faut-il faire ? Dites vite ! fit le petit monstre du ton suppliant dont une autre eût demandé une friandise.

— Ne pas dire un mot de tout cela ni aujourd'hui, ni demain... à personne, entends-tu bien

— Bon ! et si je ne dis rien...?

— Je me charge du reste, dit Bibi.

— Vrai ?

— Je te le promets.

En même temps Bibi tira de sa poche une pièce de vingt sous et la tendit à Zoé.

— Voilà, mon petit chou, dit-il, de quoi t'acheter un beau ruban pour le jour de décadi.

Zoé prit l'argent et s'en alla toute joyeuse.

— Croyez donc à la naïveté de l'enfance ! murmura Bibi en franchissant le seuil de son cabaret, où il déjeuna comme à l'ordinaire. Puis il fit un brin de promenade, se montra dans le quartier, jasa avec les voisins, rentra changer de linge et faire sa barbe, après quoi, vêtu de son gilet blanc et de son habit marron, appuyé sur sa canne à pomme d'argent, il descendit vers les halles, traversa un bras de la Seine et, comme la veille, tourna le quai des Orfévres pour

9

disparaître dans l'allée de cette maison qui communiquait avec le bureau mystérieux du citoyen Paul, chef de la police de sûreté.

XVIII

Le citoyen Paul daigna, ce jour-là, lever la tête en entendant entrer Bibi.

— Ah ! vous voilà ? dit-il.

— Sans doute, répondit le nouvel ami de la petite Zoé.

— Avez-vous vu le citoyen X... ?

— Oui.

— Et la citoyenne Antonia ?

— Aussi.

— Eh bien ! de quoi s'agit-il au juste ?

— D'arrêter deux jeunes filles qui n'ont peut-être pas vingt ans.

— Les deux sœurs ?

— Je le crois.

— Eh bien ! dit le citoyen Paul, il faut vous mettre en campagne.

— C'est fait.

— Comment ! vous les avez arrêtées ?

— Non pas, mais je les ai sous la main. Seulement la citoyenne Antonia est assez riche pour qu'on lui tienne la dragée haute.

— Ah ! fort bien, dit le citoyen Paul, je comprends.

Puis, tutoyant Bibi :

— Ainsi, tu les as sous la main ?

— Dans la maison que j'habite. Elles sont cachées chez une blanchisseuse.

Bibi était un homme méthodique. Il procédait par ordre dans ses récits comme dans ses affaires. Il commença donc par raconter au citoyen Paul la visite de la petite Zoé et les révélations de la charmante enfant.

Puis il passa à son entrevue avec le citoyen X... et la citoyenne Antonia, et parla du médaillon.

Le citoyen Paul l'écoutait avec attention.

Enfin, il compléta sa narration par les renseignements que lui avait donnés le matin la petite Zoé.

Le citoyen Paul écoutait toujours. Seulement, il sembla à Bibi qu'il n'avait pas son calme ordinaire, et tout à coup, comme il parlait d'un homme bossu qui était, selon toute apparence, le serviteur des deux jeunes filles, le chef de la sûreté l'interrompit vivement :

— Est-ce que tu as sur toi le médaillon qu'on t'a donné ? dit-il.

— Oui, le voilà.

Bibi tira le médaillon de sa poche et le mit sous les yeux du citoyen Paul.

Le citoyen Paul jeta un cri et Bibi recula.

— Vous les connaissez? exclama Bibi.

Mais, au lieu de lui répondre, le citoyen Paul se mit à l'interroger :

— Et l'autre jeune fille, comment est-elle? dit-il.

— Brune, avec des yeux bleus, de grands cheveux noirs, une taille élancée, dit Bibi.

— Aurore! s'écria le citoyen Paul.

— Oui, c'est son nom, Zoé me l'a dit.

— Et c'est ma fille, dit le citoyen Paul, qui se dressa tout à coup menaçant, et le rasoir de la République n'y touchera pas.

Le citoyen Paul apparut en ce moment si terrible d'attitude au débonnaire Bibi, qu'il recula involontairement.

Paul lui avait toujours dit qu'il n'avait plus, qu'il ne voulait plus avoir de famille, qu'il s'appelait Paul tout court, et que s'il avait des parents, il les enverrait à l'échafaud comme des étrangers.

Bibi n'était pas seulement un philosophe; c'était encore un grand observateur du cœur humain. Or, il savait qu'un père peut quelquefois renier son fils, sa fille jamais; que s'il en est séparé, il parle d'elle sans cesse, et qu'il vit dans l'espérance ardente et sou-

tenue de la revoir, même au travers des grilles d'un
cloître.

Or, le citoyen Paul n'avait jamais laissé échapper
un mot devant lui qui pût lui laisser soupçonner qu'il
avait une fille.

Quel était donc ce mystère?

Le chef de la police se chargea de le lui expliquer
à moitié.

Il s'était levé, il était sorti de son grillage, comme
une bête fauve de sa cage; et marchant vers Bibi
du pas inégal, lourd et rapide d'un sanglier blessé,
il lui prit brusquement la main :

— Écoute-moi, dit-il.

D'ordinaire cet homme avait la voix sèche, cassante,
ironique.

Maintenant cette même voix était sourde et paraissait comprimer des sanglots, tandis que des larmes
roulaient dans ses yeux.

— Écoute-moi, répéta-t-il en secouant rudement la
main de Bibi, tu seras le premier et le dernier homme
qui aura reçu ma confession. Tous les scélérats que
tu as pu connaître étaient des anges auprès de moi :
j'ai pillé, assassiné, trahi...

Époux, j'ai tué ma femme ; maître, j'ai assassiné
un vieux domestique ; avide d'argent, j'ai poignardé
une femme longtemps ma complice ; noble, j'ai dénoncé mes pareils, que je ne pouvais plus regarder

sans que le rouge de la honte couvrît mon front, et je
suis devenu le pourvoyeur de l'échafaud.

Bibi ne sourcillait pas.

— Ah ! dit-il froidement, vous avez fait cela

— Eh bien ! reprit le citoyen Paul, dans mon cœur
de tigre, dans mon âme déloyale, un sentiment vient
de se réveiller pur et énergique. J'avais abandonné ma
fille qui me croit mort ; mais j'aime ma fille et je veux
la sauver.

Et le chevalier des Mazures, car on l'a reconnu depuis longtemps sans doute, écumait, haletait, marchait et tournait sur lui-même dans cette étroite et
sombre pièce, et il était féroce et sinistre d'aspect.

On eût dit une hyène surprise par des chasseurs au
milieu de ses petits, et qui, domptant sa lâcheté habituelle, veut défendre jusqu'à la mort sa progéniture.

— Calme-toi, citoyen, lui dit Bibi ; je suis ton ami,
et ce n'est pas les peccadilles dont tu me parles qui
me refroidiront.

Un vrai philosophe, et plein de bonhomie et d'in-
dulgence, ce Bibi ! Il appelait les crimes du chevalier
des *peccadilles !*

Il reprit, tandis que le citoyen Paul attachait sur lui
des yeux hagards :

— Je ne doute pas de ce que tu viens de me dire.
Aurore est bien ta fille. Tu ne parlerais pas ainsi d'une
autre femme, et tu n'as pas besoin de me dire que tu

veux la sauver. Mais puisque tu m'as fait tes petites confidences, pourquoi n'irais-tu pas jusqu'au bout?

— Hein? dit le citoyen Paul, dont le regard et la voix étaient toujours égarés.

— Ce médaillon, poursuivit Bibi, représente une autre femme.

— Oui, Gretchen.

— Mais je croyais que la petite, l'autre, s'appelait Jeanne.

— Tu as été trompé par une ressemblance. La mère et la fille se ressemblent, à vingt ans de distance, comme deux gouttes d'eau.

— Ah! Jeanne est la fille de Gretchen?

— Oui.

— Alors, elle n'est pas la sœur d'Aurore

— Si, dit encore le citoyen Paul.

— Alors je ne comprends plus, dit Bibi.

Et il fit de nouveau un pas en arrière.

— Gretchen était ma femme; elle est la mère d'Aurore, elle est aussi la mère de Jeanne, mais Jeanne n'est point ma fille; comprends-tu maintenant?

Et le citoyen Paul avait de terribles éclairs dans les yeux, et sa voix était empreinte d'un accent de fureur et de haine.

— Fort bien, dit Bibi. Maintenant je comprends tout, camarade.

— Ah! tu comprends?

Bibi garda un moment de silence; mais, tout à coup, relevant la tête :

— Ainsi, dit-il, Jeanne n'est pas ta fille ?

— Non.

— Alors, tu la hais ?

— Oh ! certes !

— Et nous la livrerions à la citoyenne Antonia que cela te serait indifférent?

— Tout à fait.

— Alors, continua Bibi, tout peut s'arranger, ce me semble.

— Comment?

— Nous sauvons ta fille. Nous faisons mieux, nous la faisons passer à l'étranger.

— Et puis?

— Et puis nous arrêtons l'autre petite, nous l'envoyons à l'échafaud et, du même coup, nous vengeons ton honneur outragé et nous donnons une petite satisfaction à la citoyenne Antonia.

Le citoyen Paul tressaillit à ce nom.

Puis, soudain, regardant Bibi :

— Mais quelle est donc cette femme qui veut la mort de ma fille? dit-il.

— C'est la maîtresse du citoyen X...

— Et elle veut la mort de ma fille ! Pourquoi? dans quel but ?

— Je ne sais pas.

— Qu'est-ce donc que cette femme? reprit-il avec une fureur croissante. Que lui a donc fait Aurore? Comment la connaît-elle ?

— Voilà ce que j'ignore encore, mais je te le dirai, sois tranquille !

Tout à coup une lueur étrange se fit dans le cerveau troublé du citoyen Paul.

— Elle est donc belle, cette femme ? dit-il.

— Ah! mais non.

— Elle n'est pas belle ?

— Elle est affreuse.

— Et le citoyen X... l'aime?

— Pour son argent.

— Elle est donc riche?

— Fabuleusement, à ce qu'il paraî .

— Mais enfin, comment est-elle ?

— Petite, grêlée, un peu bossue

— Et noire...

— Comme une taupe.

— Sang du Christ ! exclama le citoyen Paul, qui devint livide, c'est elle !

— Qui, elle?

— Toinon !

— Qu'est-ce que Toinon?

— Toinon, la fille bohème; Toinon, l'empoisonneuse; Toinon, qui s'est jouée de moi et qui a volé le coffret ! Ah ! la coquine ! Ah ! la misérable! elle a donc

9.

peur que le roi ne revienne, qu'elle veut faire guillotiner mon enfant?

Le citoyen Paul était effrayant à voir.

— Voyons, dit Bibi, calme-toi donc un peu, camarade, et explique-toi. Est-ce que des gens comme
nous, des gens de notre métier, se mettent en de pareils états? Je te le répète, je suis ton ami

Et Bibi prit la main du chevalier des Mazures, devenu le citoyen Paul.

XIX

Les hommes de la nature du chevalier n'obéissent
jamais longtemps à une passion aussi vulgaire que la
colère.

Le chevalier se laissa prendre la main par Bibi,
mais il ne lui répondit pas tout d'abord.

Après cet éclat de fureur, il y eut même chez lui un
moment de prostration et comme d'anéantissement.

Bibi connaissait ces réactions subites; il ne prononça
pas un mot et attendit.

Enfin le chevalier releva la tête.

Son visage avait retrouvé son impassibilité, son œil

sa profondeur de rayonnement; sa voix redevint aussitôt brève, calme, un peu cassante, un peu ironique.

— Dis donc, Bibi, fit-il, ce que tu viens de me dire là, personne ne le sait?

— Personne.

— Toi seul connais alors la retraite des deux petites?

— Moi seul, dit Bibi, ou plutôt moi et Zoé, mais Zoé m'obéit et elle ne fera que ce que je lui dirai de faire.

— Par conséquent, elles sont en sûreté?

— Comme si elles étaient ici.

— Alors, dit froidement le citoyen Paul, nous pouvons causer.

— Bon! j'écoute.

— La citoyenne Antonia n'est autre qu'une femme de chambre qui a volé une fortune immense, reprit le citoyen Paul.

— Ah! ah!]

— Cette fortune devrait me revenir un peu; mais surtout à ma fille Aurore et à sa sœur Jeanne.

Pour être sincère, le chevalier des Mazures aurait dû dire que cette fortune appartenait tout entière à Jeanne. Mais l'espoir de la recouvrer lui était revenu, et il ne jugeait pas utile de dire à Bibi toute la vérité.

— Fort bien, dit Bibi, après?

— Ceci posé, continua le citoyen Paul, parlons de toi un moment.

— De moi ?

— Oui. Tu vas voir.

Bibi ouvrit de grands yeux.

— Depuis quand es-tu dans la police?

— Depuis ma jeunesse.

— Par conséquent, tu as servi la royauté?

— Parbleu ! puisque c'est moi qui ai livré la fameuse boulangère qui fabriquait de la fausse monnaie, et dont j'étais l'amant.

— As-tu fait des économies?

— Ma foi, non. On est si mal payé!... J'ai quelques centaines de louis dans un vieux bas, voilà tout.

— As-tu réfléchi à une chose?

— Laquelle?

— C'est que la République va trop vite pour aller longtemps.

— Ça ne fait pas un doute pour moi.

— Alors tu crois au retour des tyrans?

— Dans deux ou trois mois, avant peut-être.

— As-tu réfléchi que si les tyrans reviennent tu perdras ta place?

— Ma foi, non.

— Tu as eu tort, car cela arrivera. Tu ne livrais à la justice du roi que des voleurs...

— C'est vrai.

— Mais tu as livré à la République pas mal d'aristo-crates.

— J'en conviens.

— Donc tu perdras ta place, c'est ce qui peut t'ar-river de moins tragique.

Bibi ne put se défendre d'un léger frisson.

— Maintenant, suppose une chose encore.

— Voyons?

— Je suis le citoyen Paul, chef de la sûreté. Mais mon vrai nom, mon nom d'aristocrate, personne ne le connaît. Le roi revient, je cours à Versailles, et si je suis riche...

— Tu seras donc riche, alors?

— Je voudrais rentrer dans la fortune volée par la citoyenne Antonia.

— Ah! ah!

— Et t'en donner une bonne part. Comprends-tu?

— Parfaitement.

— Et puis, ajouta le citoyen Paul, avec son sourire méphistophélique, comme après tout tu pourrais ne pas croire à ma parole de gentilhomme, nous ferons un petit écrit.

— *Verba volant, scripta manent*, dit Bibi qui avait étudié le latin, dans sa jeunesse, chez un bon curé. Mais ce que vous me proposez là...

— Eh bien?

— Ça n'est pas commode du tout,

— Comment cela?

— La citoyenne Antonia a une grande fortune, d'ac-
cord, mais elle a pris ses précautions.

— Comment?

— Cette fortune est à l'étranger.

— Est-ce tout?

— Ensuite, par le citoyen X..., elle est toute-puis-
sante.

— Je le sais.

— Comment donc lui faire rendre gorge?

Un petit rire sec et nerveux bruit entre les lèvres
du citoyen Paul.

— Tu es de la police depuis vingt ans? dit-il.

— Oui.

— Moi, je n'en suis que depuis six mois.

— Bon !

— Eh bien ! suis mon raisonnement, et tu vas voir
que je méritais d'être ton supérieur.

— Je vous écoute, dit humblement Bibi.

— Le citoyen X... est l'ami de Robespierre, et c'est
ce qui fait sa force.

— J'en conviens.

— Robespierre tombera d'ici à six mois, peut-être
avant, et le citoyen X... sera entraîné dans sa chute.

— Et puis?

— La citoyenne Antonia n'aura plus qu'un parti à

prendre pour sauver sa tête, se procurer un passe-port et quitter la France.

— Après?

— Ce passe-port, nous le lui procurerons.

— Ah!

— Nous ferons mieux, nous irons à l'étranger avec elle.

— Je ne comprends toujours pas.

— Attends, tu vas voir. Suppose que d'ici là tu es parvenu à capter sa confiance.

— Soit, supposons-le.

— Et que tu t'es procuré d'abord un renseignement sur le nom du pays où elle a mis sa fortune en sûreté.

— Ensuite?

— Ensuite, qu'un certain papier qu'elle doit toujours posséder, et qui est écrit en langue tzigane, est tombé en ma posession.

— Quel est ce papier?

— Tu n'as pas besoin de le savoir maintenant. Qu'il te suffise de savoir que ce papier, ce parchemin plutôt, car c'est un parchemin, qu'elle doit considérer comme un talisman, est scellé d'un sceau bizarre en cire noire.

— Et puis?

— Suppose donc que nous savons où est la fortune et que nous possédons le parchemin.

— Je le suppose.

— Nous accompagnons la citoyenne Antonia à l'é-
tranger. Seulement, avant d'atteindre la frontière,
nous la livrons à l'autorité révolutionnaire qui l'envoie
à la guillotine.

— Mais... la fortune?

— Avec le parchemin en question, nous n'aurons
plus qu'à l'aller chercher. Mais, ajouta le citoyen Paul,
il me faudrait une trop longue explication aujourd'hui
pour te faire comprendre mes projets. Borne-toi à me
faire savoir si l'affaire te va.

— En principe, oui; seulement...

— Ah! voyons l'objection?

— Pour entrer dans l'intimité de la citoyenne Antonia, il faut que je lui rende quelque service.

— C'est juste.

— Je ne puis lui livrer Aurore, puisque c'est ta fille.

— Non, certes, dit le citoyen Paul qui eut un nouvel éclair dans les yeux.

— Mais... Jeanne...

Le chevalier des Mazures tressaillit, fronça le sourcil et ne répondit rien.

— Songe qu'elle est la fille de l'amour...

— Soit, dit brusquement le chevalier qui songeait
à l'amour d'Aurore pour la pupille des moines.

— Et puis, tu dis qu'une partie de la fortune d'Antonia lui revient.

— C'est vrai.

— Par conséquent, tu as tout intérêt à t'en débarrasser.

Le chevalier regarda Bibi.

— Une chose me console de mon infamie, lui dit-il
froidement.

— Laquelle?

— C'est que tu es encore plus infâme que moi.

— Trêve de compliments, dit froidement Bibi. Si
tu m'abandonnes Jeanne, je serai au mieux dans huit
jours avec la citoyenne Antonia.

— Je te l'abandonne si tu me réponds de ma fille.

— Je t'en réponds.

— Mais comment les sépareras-tu?

— C'est mon affaire.

— Va donc, démon, reprit le chevalier, et que le
sang de Jeanne retombe sur toi seul! Moi, je me lave
les mains de ce nouveau crime.

. . . .

Le soir, M. Bibi trouva le moyen d'échanger quelques mots avec Zoé, qui, assise sur le seuil de la boutique, regardait les passants.

— Eh! petite, lui dit-il, c'est demain la décade

— Oui, répondit l'enfant.

— Est-ce que ta patronne travaille ce jour-là?

— Elle s'en garderait bien; on la dénoncerait
comme une mauvaise patriote.

— Que fait-elle alors?

— Elle va se promener.

— T'emmène-t-elle ?

— Quelquefois.

— Eh bien ! tâche d'être malade et qu'elle ne t'emmène pas.

— Pourquoi ?

— Parce que tu monteras chez moi et que nous causerons.

— Ça tient-il toujours ce que vous m'avez promis ? demanda Zoé.

— Toujours.

— Et ça réussira ?

— Je le crois.

Et Bibi monta se coucher tranquillement.

Mais son sommeil fut moins paisible qu'à l'ordinaire, car cette nuit-là il rêva des millions de la citoyenne Antonia.

XX

Depuis que le citoyen Robespierre, fermant les églises, avait fêté l'Être suprême et marché ce jour-là, tout seul, à dix pas en avant des autres membres de la Convention, le peuple de Paris avait compris deux choses.

La première, c'est que Dieu, destitué pour cause d'incivisme, avait fait place à une autre divinité qui faisait plus de cas du citoyen Robespierre que de ses collègues.

,a seconde, c'est que tout citoyen qui voulait garder sa tête sur ses épaules, devait observer le décadi ni plus ni moins que s'il se fût agi de l'ancien jour dominical, c'est-à-dire du dimanche.

Chaque soir, après avoir entendu la patriotique *Marseillaise*, les bons bourgeois se réunissaient et se contaient, *sotto voce*, les émotions de la journée.

On avait guillotiné le citoyen X..., de telle rue, et la citoyenne Z..., de telle autre.

Alors chacun faisait son petit examen de conscience en tremblant, et se demandait ce qu'il pourrait bien avoir fait, sans le vouloir, pour mériter l'accolade du rasoir de la République.

Il en était parfois, les plus pauvres, les plus misérables, qui se rappelaient avoir travaillé un *décadi*.

Alors la peur les prenait.

Le bon Dieu leur eût pardonné peut-être; mais le bon Dieu n'était plus rien, et l'Être suprême était moins commode.

Aussi les rues de Paris, un jour de décadi, ressemblaient-elles à un jour de fête à Londres, pendant les offices. Boutiques, cafés, restaurants, marchands de vin, tout était fermé.

Les femmes s'enrubanaient, les hommes mettaient leur carmagnole neuve, et tout le monde se répandait par les rues en chantant le *Ça ira.*

Le citoyen et la citoyenne Bargevin n'avaient garde, surtout depuis qu'ils cachaient des aristocrates chez eux, de refuser cette marque de piété à l'Être suprême, dont le citoyen Robespierre était le non moins suprême pontife.

Dès la veille, on avait apprêté les habits de fête.

Aurore et Jeanne avaient bien témoigné quelque effroi, mais Simon leur avait promis de ne les point quitter.

Les sabots avaient été cirés par Benoit. Aurore et Jeanne avaient fait disparaître leur opulente chevelure sous une coiffe berrichonne, et bien que leurs mains portassent déjà les empreintes du travail, elles les avaient un peu noircies.

Il n'y avait que Zoé qui, le repas de midi pris à la hâte, ne parût faire aucun préparatif ; elle répéta, comme l'avant-veille, qu'elle était malade.

— Si tu ne veux pas venir, reste, lui dit la blanchisseuse avec humeur, et si quelque jour on te coupe le cou, tu ne t'en prendras qu'à toi.

— Oh ! il n'y a pas de danger, répondit Zoé, je mordrais plutôt le citoyen bourreau.

La blanchisseuse haussa les épaules.

— Surtout, dit-elle, si tu veux sortir, sors par la porte de la cour, mais n'ouvre pas le devant de la boutique.

Et tout le monde s'en alla, Simon donnant le bras à Jeanne, Benoît à Aurore et la blanchisseuse cheminant par derrière.

Zoé ne perdit pas une minute; elle se mit à la fenêtre de la soupente et leva les yeux vers celle de M. Bibi.

Le digne homme, auprès de la croisée, achevait sa barbe en se tenant le bout du nez.

Il aperçut Zoé, et lui fit un signe.

Zoé monta, légère comme un écureuil.

— On n'a pas insisté pour t'emmener? dit Bibi en allant lui ouvrir la porte.

— Non, dit la petite.

— Alors tu as la clé de la boutique

— La porte est ouverte.

— Bon ! fit Bibi. Maintenant, réponds-moi. Les deux nièces de ta patronne...

— Ce ne sont pas ses nièces, vous savez bien, dit Zoé.

— Soit. Mais appelons-les ainsi.

— Comme vous voudrez.

— Est-ce qu'elles sont arrivées chaussées et vêtues ?

— Dame !

— N'avaient-elles pas de hardes ?

— Chacune un mouchoir, dans lequel il y avait un peu de linge.

— Et où ont-elles mis cela?

— Dans une vieille malle qui est au pied de leur lit.

— Tu es sûre qu'il n'y a que du linge ?

— Ah ! si, il y a encore des lettres.

— Bon !

— Malheureusement je ne sais pas lire, dit Zoé.

— Oui, mais tu peux m'introduire dans la boutique ?

— Oh ! bien sûr.

— Et me conduire dans la soupente ?

— C'est facile.

— La malle est-elle fermée ?

— Non. Elle n'a seulement pas de serrure.

— Eh bien ! allons, dit Bibi.

Lui et Zoé étaient peut-être les seuls locataires qui se trouvassent en ce moment dans la maison. Tout le monde était sorti.

Bibi ferma sa porte et suivit Zoé, qui l'introduisit dans la boutique.

Cinq minutes après, il vérifiait le contenu de la vieille malle avec l'habileté et la délicatesse d'un agent de police qui ne veut pas laisser trace de son passage.

Comme l'avait dit Zoé, la malle ne contenait que quelques hardes, et, cachées au milieu de ces hardes, trois lettres qui portaient des timbres différents, mais dont la suscription était de la même écriture.

— Va me chercher une chandelle, dit Bibi.

Et il s'assit sur la malle et ouvrit sans façon la première des trois lettres.

Zoé revint avec sa chandelle

Alors Bibi se mit à lire.

Les trois lettres portaient cette suscription :

Au citoyen Benoît,
commune d'Ingrannes,
département du Loiret.

Elle commençait ainsi :

« Mon cher Benoît

» Je suis arrivé hier au régiment et j'ai été incorporé à midi. Nous sommes dirigés vers le Rhin.

» Je t'assure bien que j'avais le cœur gros en vous quittant, et ma petite Jeanne qui s'est mise à pleurer et m'a tellement ému que le courage m'a manqué un moment... »

. . . .

Bibi courut à la signature et lut :

« DAGOBERT,
« l'ex-forgeron de la Cour-Dieu. »

Cette lettre était pleine de Jeanne, et à peine le nom d'Aurore s'y trouvait-il prononcé.

Mais si Bibi avait su lire entre les lignes, comme

on dit, il aurait vu que si Dagobert aimait Jeanne comme son enfant, la belle Aurore lui avait inspiré un autre sentiment.

Et Bibi se serait dit :

— Fort bien. La belle demoiselle a un amoureux, et cet amoureux c'est le soldat Dagobert.

Il passa à la seconde lettre.

Celle-là était postérieure de six mois.

Dagobert était sergent; il parlait encore longuement de Jeanne et presque pas d'Aurore.

Enfin, dans la troisième, le forgeron était devenu officier.

On l'avait nommé officier sur le champ de bataille.

Cette dernière lettre était pleine de vagues espérances, et le forgeron rappelait à Benoît la prédiction de la bohémienne, qui lui avait dit qu'un jour il porterait un chapeau à plumes et un habit brodé.

Dagobert rêvait déjà les étoiles de général. Comme les deux autres, cette lettre était pleine de Jeanne.

Comment Bibi aurait-il pu soupçonner que c'était Aurore que Dagobert aimait et pour laquelle il rêvait la gloire?

— Mon enfant, dit l'homme de police à Zoé, tu ne penses pas que ta patronne rentre avant une heure ou deux?

— Oh! non, citoyen. Jamais, même les jours de décadi, ils ne reviennent avant la nuit.

— Alors, écoute bien ce que je vais te dire?

— Oui, citoyen.

— Tu vas rester ici.

— Oui.

— Tu me promets de ne pas sortir?

— Je vous le promets.

— Et tu m'attendras ?

— Vous sortez donc, vous?

— Non, mais je remonte dans ma chambre.

Bibi avait mis la troisième lettre dans sa poche.

— Et cette lettre ? demanda Zoé.

— Je te la rapporterai tout à l'heure.

— Vous en avez donc besoin ?

— Oui, si tu veux toujours faire guillotiner les deux aristocrates.

— Je crois bien que je le veux ! dit le petit monstre.

M. Bibi remonta dans sa chambre, ouvrit son bonheur du jour, prit une plume, du papier, posa la lettre ouverte devant lui, et se mit à imiter l'écriture. Au bout d'une demi-heure, il écrivait comme Dagobert, signait et paraphait comme lui.

— Un expert en écriture, se dit-il, n'y verrait que du feu. J'avais de fameuses dispositions pour être un faussaire remarquable.

Puis il murmura encore:

— Il est certain que Dagobert aime Jeanne et que Jeanne aime Dagobert, car le beau lieutenant ne

10

s'amuserait pas à écrire de longues lettres à ce Benoît, qui est un malôtru, si Jeanne ne devait pas les lire.

Par conséquent, je tiens maintenant le moyen de séparer Jeanne d'Aurore et de la faire tomber toute seule dans les filets de mes agents.

Et il replia la lettre et la descendit à Zoé, qui était de plus en plus impatiente de savoir si c'était bientôt qu'on guillotinerait les deux jeunes filles.

XXI

Si personne, dans le quartier Montorgueil, ne savait la véritable profession de Bibi, et s'il s'y était entouré d'un mystère impénétrable depuis vingt ans, il n'en était pas moins un des agents les plus actifs et les plus considérables de la police.

Il avait débuté sous l'autorité des derniers lieutenants de police, et il avait les traditions de grande école.

Selon lui, un homme est d'autant plus fort qu'il ne se compromet jamais, se borne à indiquer la besogne et ne s'en charge pas.

Il n'avait jamais procédé de sa personne à une arres-tation, et se contentait de donner toutes les indications nécessaires pour que cette arrestation fût opérée.

Dès le lendemain de la décade, Bibi se rendit donc chez le citoyen X... et lui dit:

— Je tiens une des deux jeunes filles

— Et l'autre?

— L'autre ne sera en notre pouvoir que dans quelques jours.

— Pourquoi pas tout de suite?

— Elle n'est pas à Paris.

Le citoyen X... fit un geste de surprise qui amena un sourire sur les lèvres de Bibi.

— Citoyen, dit ce dernier, le mécanisme de la police est difficile à expliquer. Comment ai-je su que les deux jeunes filles, parties ensemble du cabaret d'Antony, s'étaient séparées en arrivant à la barrière?

C'est là ce qu'il me serait difficile de vous expliquer en peu de mots. Fiez-vous à moi pour celle-là, et donnez-moi vos ordres en ce qui concerne l'autre.

— Mais, dit le citoyen X..., Antonia vous les a donnés.

— Alors je vais la faire arrêter.

— Oui, sur-le-champ.

— C'est-à-dire demain.

— Pourquoi?

— Parce que j'ai besoin de prendre quelques petites précautions.

Le citoyen X... fit un signe de tête affirmatif.

— Seulement, reprit Bibi, j'ai eu l'honneur de vous le dire ainsi qu'à la citoyenne Antonia, si je dirige tout, je ne me montre jamais ; je donnerai des ordres. La petite sera arrêtée. près, c'est votre affaire. Maintenant, dit encore Bibi en clignant de l'œil, il faut parler franchement.

— Que voulez-vous dire?

— Renseignements pris, les deux jeunes filles ne viennent pas de l'étranger ; elles n'ont aucune mission pour le comité royaliste et ne sont munies d'aucun papier compromettant.

Le citoyen X... eut un geste d'impatience.

— C'est bon, dit-il, on y pourvoira.

— Ah! dame! acheva Bibi, c'est votre affaire et non la mienne. Vous me demandez une tête, je vous la livre. A vous de la faire tomber.

— On y pourvoira, dit sèchement le citoyen X...

Bibi fit un pas de retraite, puis il revint.

— Qu'est-ce encore? fit le représentant.

— J'oubliais de vous dire qu'il y a des menus frais, et qu'il faut que je paye d'avance mon personnel.

Le citoyen X... ouvrit un tiroir.

— Antonia a prévu votre demande, dit-il. Voici deux rouleaux d'or qu'elle m'a chargé de vous remettre.

Bibi empocha et s'en alla.

Une fois dans la rue, Bibi tourna à gauche, gagna

la rue de la Sourdière et entra chez un marchand de vin dont la boutique était peinte en rouge sang de bœuf.

Au-dessus de la porte, il y avait une enseigne qui représentait un rasoir gigantesque.

Et au-dessous, ces mots :

A l'Egalité!

C'était une allusion délicate au couperet du citoyen Samson qui faisait les hommes égaux.

Il est vrai de dire que les valets de l'exécuteur honoraient quelquefois l'établissement de leur présence.

Bibi entra.

L'établissement était à peu près désert. Cependant un homme buvait mélancoliquement dans un coin un verre de ce vin bleu qui enrichit les paysans de Suresnes et d'Argenteuil, et fait quelquefois d'eux des agents de change.

Il était vêtu du pantalon flottant, du bourgeron de laine brune, et coiffé du chapeau en toile cirée, costume immortalisé depuis dans les bals publics sous la dénomination de *débardeur* et qui était celui de l'ouvrier des ports.

Bibi regarda cet homme par-dessus ses lunettes, lui fit un petit signe de reconnaissance et alla s'asseoir auprès de lui.

— Bonjour, citoyen, lui dit-il.

— Bonjour, patron, répondit le débardeur.

La fille de service apporta du vin, et Bibi se mit à causer tout bas avec cet homme.

— As-tu fait ce que je t'ai dit ?

— Oui, répondit le débardeur. Je travaille depuis ce matin au quai de l'Arsenal, et je suis employé à décharger du charbon sur le même bateau que le citoyen Bargevin.

— Alors, tu as vu le bossu?

— C'est-à-dire que nous sommes une paire d'amis. Ça n'a pas été long. Il n'y avait pas une heure que nous travaillions côte à côte, quand je me suis mis à fredonner une fanfare. Alors il a dressé l'oreille comme un cheval de troupe.

— Bon ! me suis-je dit, voilà un moyen de causer.

Tout d'un coup, voilà mon homme qui me sonne la reprise.

— Hé ! camarade, lui dis-je, est-ce que nous sommes du métier?

— Quel métier ? qu'il me fait.

— Distinguerions-nous un piquet de chevreuil d'une pigache de sanglier ?

— Pardine ! qu'il me dit; et je vois ses yeux qui s'écarquillent.

Alors nous avons jasé. Je lui ai dit que j'avais été valet de chiens à Rambouillet, au temps du tyran; il m'a répondu que, dans sa jeunesse, il était un peu braconnier.

Au repos de midi, nous sommes allés boire un coup chez le mannezingue du quai, et, la journée finie, nous nous sommes fait un bout de conduite.

— Fort bien, dit Bibi; par où avez-vous passé?

— Nous avons d'abord suivi le quai jusqu'à la place du Châtelet.

— Bon!

— Puis nous avons gagné la rue Saint-Honoré.

— Et vous n'êtes pas entrés chez un autre marchand de vin?

— Si, au coin de la rue des Prouvaires; là nous nous sommes donné la main et nous avons tiré chacun de notre côté.

— Eh bien, dit Bibi- écoute ce que je vais te dire.

— Parlez, patron.

— Demain, en allant au chantier, tu lui diras : Bonjour, Benoît.

— Mais il ne m'a pas dit son nom.

— Raison de plus. Ça lui fera faire un petit mouvement d'étonnement, et il te dira certainement : « Comment savez-vous que je m'appelle Benoît? » Alors tu cligneras de l'œil et tu répondras : « C'est Dagobert qui me l'a dit. »

— Le roi Dagobert?

— Non, un autre. S'il ne fait pas un soubresaut, il sera pour le moins stupéfait. Alors, tu lui raconteras que ce soir, comme tu venais de le quitter, un militaire t'a emboité le pas et t'a dit : Vous connaissez donc le bossu ?

Puis tu ajouteras qu'il t'a emmené boire un canon, et qu'il a demandé une plume et de l'encre pour écrire ce billet.

Et Bibi fit ce que le militaire supposé devait avoir fait, d'après le récit que le débardeur ferait à Benoît.

Il demanda une plume et de l'encre ; en même temps il tira de sa poche une feuille de papier au bas de laquelle il y avait un nom :

Dagobert.

Si certain qu'il fût maintenant de posséder l'écriture de l'ancien forgeron, Bibi avait cru devoir imiter cette signature sur celle de la lettre qu'il avait emportée chez lui la veille, et qu'il avait ensuite rendue à la petite Zoé.

Puis il prit la plume et écrivit la lettre suivante :

« Mon vieux Benoît,

» J'ai une permission de huit jours, et je comptais traverser Paris seulement et aller au pays. Mais je viens de t'apercevoir d'une fenêtre de l'hôtel garni où je suis logé.

» Je suis descendu en toute hâte. Tu avais déjà filé ; je n'ai pu rattraper que le brave garçon qui venait de boire un coup avec toi.

» Il ne sait pas où tu demeures. Mais il m'a dit qu'il travaillait avec toi ; si tu es à Paris, c'est que *les sœurs* y sont. Il y en a une, tu sais, que je voudrais bien voir, celle que... j'aime... et pour qui je voudrais devenir général... ce qui arrivera un jour.

Viens donc me voir demain soir, rue Saint-Honoré, n° 65, à l'hôtel de Champagne et de Picardie; tu demanderas le capitaine Dagobert, car me voilà capitaine.

» Ne t'étonne pas si je te prie de n'amener qu'une de tes sœurs; nous vivons dans un temps où il faut se méfier, et quoique ce ne soient que des paysannes, elles sont si jolies toutes deux, qu'en les voyant ensemble, on pourrait les prendre pour des aristocrates.

» L'autre attendra bien au lendemain.

       » A toi encore,

                              » Ton vieux forgeron,

                                   » DAGOBERT. »

Quand il eut écrit cette lettre, Bibi la mit sous les yeux du débardeur, qui la lut attentivement.

— Maintenant, ajouta-t-il, écoute bien.

— Allez, dit le débardeur.

— Tu remettras cette lettre au bossu.

— Naturellement.

— Et, vers midi, tu te plaindras d'avoir un violent mal de tête.

— Pourquoi donc ça?

— Afin de pouvoir quitter le chantier, car j'ai besoin de toi.

— Où vous trouverai-je?

— Ici, à quatre heures.

— C'est bon, on y sera.

Bibi jeta une pièce de trente sous sur la table pour payer l'écot et s'en alla, laissant le débardeur achever sa chopine de vin.

Puis il regagna son quartier, alla dîner à son cabaret, fit le soir une partie de dominos au café Saint-Sauveur, qui ne s'appelait plus que le café Sauveur, ce qui était absurde, et rentra se coucher avec le calme et la sérénité d'une belle âme qui a la conscience en repos.

XXII

Le lendemain, Benoît le bossu et Simon Bargevin partirent comme à l'ordinaire, au petit jour, de la rue du Petit-Carreau.

Les deux jeunes filles étaient à l'ouvrage, Zoé surveillait le café au lait dans l'arrière-boutique, et tout allait comme les jours précédents.

Benoît était un garçon travailleur.

Sa bosse, sa laideur, ses mains énormes, son aspect

vulgaire et même sauvage, étaient pour lui une sau-
vegarde suffisante.

Il n'y avait aucun danger à ce qu'on le prît jamais
pour un aristocrate.

D'ailleurs, Simon Bargevin était connu sur le port.
Il y avait plus de dix ans qu'il y travaillait, et jamais
on ne l'avait pris pour un suspect.

Enfin, il faut le dire aussi, les mariniers, les maçons,
et tous les ouvriers dont le métier s'exerce en plein
air se mêlaient peu de politique.

Ils criaient : Vive la république ! mais c'était pour
faire comme tout le monde.

Benoît aurait donc pu passer toute sa vie sur le port,
que l'idée ne serait venue à personne qu'il était
royaliste au fond de l'âme et qu'il protégeait des aristocrates.

La veille, il était rentré de meilleure heure que
Simon Bargevin, car ordinairement ils s'en revenaient
ensemble.

Cela tenait à ce que ce dernier avait eu une course
à faire de l'autre côté de l'eau.

Le débardeur embauché le matin, et qui s'était si
vite lié avec Benoît en lui parlant chasse et forêts,
avait une figure ouverte, un air bon enfant qui avait
trompé Simon aussi bien que Benoît.

Comme ils avaient bu un coup ensemble, tous les

trois, au repos de midi, Simon ne fit nulle difficulté de lui dire :

— Camarade, rends-moi donc un service. Tu t'en vas à Montmartre ?

— Non, à Clichy.

— C'est toujours le même chemin ; mets donc mon neveu dans la rue Saint-Honoré. Il est si nouveau à Paris, qu'il pourrait bien se perdre. Quand tu lui auras montré l'église Eustache, il n'y aura plus de danger et il se reconnaîtra.

Le débardeur, qui se faisait appeler Nibelle au chantier, et qui était un des agents les plus actifs de Bibi, avait, sans savoir encore pourquoi, la mission de se lier avec un bossu et de le surveiller.

Il accepta donc avec empressement, et, comme il l'avait dit à Bibi, une heure après ils avaient fait route ensemble jusqu'à la rue Saint-Honoré, et avaient bu un coup à l'angle de la rue des Prouvaires

Le lendemain donc, la première personne que Benoît, en arrivant, trouva sur le pont, fut le débardeur Nibelle, qui lui dit :

— Bonjour, Benoît !

Comme l'avait prévu Bibi, le bossu fit un geste de surprise, car, au chantier, on ne l'appelait que « le neveu à Simon. »

— Tiens, dit-il, tu sais mon nom, camarade ?

—Ma foi ! je ne le savais pas hier matin, répondit Nibelle, mais on me l'a dit hier au soir.

— Qui donc ça ? mon oncle ?

— Non, un de tes amis.

— Je veux être pendu, répliqua Benoît, si j'ai un seul ami à Paris.

— Eh bien, tu en as un.

— C'est toi, alors ?

— Moi d'abord, mais il y en a un autre.

— Est-ce que tu *planches ?* demanda Benoît, qui avait déjà appris quelques mots d'argot.

Plancher veut dire plaisanter.

Nibelle cligna de l'œil.

— Mais non, dit-il. Cherche bien.

— J'ai beau chercher, je ne trouve pas.

— Et un ami huppé, encore, mon gaillard. Rien que ça, un capitaine.

Benoît tressaillit.

— Le capitaine Dagobert, acheva Nibelle en souriant de son meilleur sourire.

— Tu connais Dagobert ?

— Pardine !

— Un grand, brun, avec des épaules d'hercule...

— C'est bien ça, dit Nibelle qui n'en savait rien.

— Et il est capitaine ?

— Oui, mon bonhomme.

Benoît éprouvait un tel saisissement qu'il en avait les larmes aux yeux.

— Je vas te conter la chose en deux mots, poursuivit le débardeur Nibelle.

Et il fit à Benoît le récit inventé par Bibi.

Benoît n'en evenait pas.

Alors Nibelle tira la lettre de sa poche et la lui remit.

Le pauvre bossu tremblait d'émotion.

— Oui, dit-il en la prenant et en l'ouvrant précipitamment, c'est bien son écriture... Cher Dagobert... et capitaine déjà ? Oh ! c'est-y une chance !...

Bien qu'embauchés ensemble, Simon et Benoît ne travaillaient pas sur le même bateau.

Le bossu fut donc obligé d'attendre à midi pour voir Simon, et il lui apprit la bonne nouvelle.

Nibelle avait suivi Benoît.

S'il était un homme dont les plus soupçonneux ne se fussent pas défiés, c'était à coup sûr le débardeur.

Il avait un air de naïveté et d'honnêteté auquel les plus malins se fussent laissé prendre.

Il répéta sa petite fable devant Simon, et Simon n'en douta pas une minute.

Benoît se remit au travail, et tout en travaillant il se disait :

— Ce pauvre Dagobert, il n'aurait pas osé parler comme ça de mamzelle Aurore il y a deux ans. Alors, il n'était qu'un pauvre homme comme moi, et mamzelle Aurore était une grande dame.

Mais voilà qu'il est capitaine et qu'il deviendra général. Du moment où il le dit, c'est que ça est... Et dame ! un général, ça peut épouser une princesse, après tout. Et quand on pense que le pauvre garçon a voulu se tuer en forêt, rapport à cet amour, et que si e n'étais pas arrivé à temps, il se pendait ! Oh ! là ! là !

Puis, oubliant un moment Dagobert, Benoît, qui continuait à porter sur ses épaules difformes de lourdes sacoches de charbon, Bénoît songeait à Aurore.

— Elle a beau ne jamais parler de lui, la belle demoiselle, pensait-il, je sais ce que je sais. Et quand, au pays, je suis venu lui dire : « Voilà une lettre de Dagobert qui vient de passer officier, » elle est devenue toute rouge, qu'on aurait dit qu'elle avait attrapé un coup de soleil.

Cependant Benoît était paysan, et le paysan a toujours de vagues défiances.

Il ne doutait pas que cette lettre qu'il avait dans la poche de son gilet, et qui lui brûlait la poitrine, ne fût de Dagobert, mais il lui paraissait singulier que le brave garçon ne voulût voir qu'Aurore.

Et Jeanne, sa petite Jeanne, sa bien-aimée petite Jeanne qu'il avait élevée !

Il est vrai que Dagobert parlait dans sa lettre du triste temps où l'on vivait et de la crainte qu'il avait que les deux pauvres filles voyageant ensemble par les rues, le soir, ne se fissent trop remarquer.

Mais, néanmoins, cette recommandation de n'amener qu'Aurore, car c'était bien d'Aurore qu'il voulait parler, ne plaisait pas à Benoît.

Il voulait demander conseil à Nibelle, devenu son confident; mais Nibelle avait quitté le chantier. Ce brusque départ acheva de mettre Benoît en défiance. Il attendit la fin de la journée; mais quand le chantier fut fermé, il s'empressa de rejoindre Simon Bargevin.

Et comme ils s'en allaient le long des quais, il lui fit part de ses réflexions.

— C'est pourtant bien l'écriture de Dagobert? lui dit le mari de la blanchisseuse.

— Oui.

— Et sa signature?

— Pardine!

— Alors s'il t'a dit de ne pas amener les deux petites ensemble, c'est qu'il a ses raisons.

— C'est égal, répéta Benoît, nous allons passer rue Saint-Honoré.

— Pour quoi faire?

— A l'hôtel de Champagne et de Picardie. Je veux savoir si Dagobert s'y trouve.

— Mais puisqu'il te l'a dit.

— On ne sait pas, dit Benoît qui sentait ses soupçons grandir.

Ils gagnèrent en effet la rue Saint-Honoré, et il se trouva que, précisément en face de la rue des Prouvaires, que Benoît avait suivie la veille, il y avait une large enseigne sur laquelle on lisait :

Hôtel de Champagne et de Picardie
Table d'hôte à midi

Benoît entra.

Un officieux tout de noir vêtu vint à lui et le toisa des pieds à la tête.

— Pardon, citoyen, dit Benoît, est-ce qu'il n'y a pas ici un capitaine?

Je crois que oui, répondit le valet; nous avons toujours des officiers de passage.

— Le capitaine Dagobert? un grand brun, large d'épaules?...

Comme Benoît faisait ces questions, ne se doutant pas qu'il donnait lui-même le signalement de Dagobert, une femme entre deux âges sortit d'une pièce séparée du corridor par un vitrage, et dit :

— Qui est-ce qui demande le capitaine Dagobert?

— C'est moi, citoyenne, dit Benoît.

Et il supporta le même regard dédaigneux.

— C'est bien ici que loge le capitaine Dagobert, répondit la maîtresse d'hôtel; mais il vient de sortir. Il dîne à l'état-major de la place.

Puis, considérant Benoît avec attention :

— Ne seriez-vous pas un nommé Benoît?

— Oui.

— Eh bien, il m'a chargé de vous dire qu'il vous attendait entre neuf et dix heures.

Cette fois, Benoît ne douta plus.

— Tu vois bien, lui dit Simon Bargevin, qui s'était tenu sur le seuil de la porte pendant ce colloque, tu vois bien que ce n'est pas une frime.

— Oh! pour cette fois, non! se dit-il.

Et il suivit Simon, et prit tout joyeux le chemin de la rue du Petit-Carreau.

XXIII

— Voilà le dernier numéro du *Père Duchêne* qui vient de paraître! achetez le *Père Duchêne!*

Ce cri retentissait à six heures et demie du soir dans le quartier Montorgueil ce jour-là.

La Convention avait décrété la liberté de la presse, et les journaux se vendaient, tout comme aujourd'hui, sur la voie publique.

Un de ces brouillards rougeâtres que l'hiver voit communément à Paris avait envahi les rues, et les lanternes privées de rayons apparaissaient comme des tisons au travers.

Il faisait froid aussi.

Mais ni le brouillard, ni le froid n'empêchaient les passants de s'arrêter, les boutiquiers de courir sur le pas de leur porte, et quiconque avait un décime, de s'approcher du vendeur et d'acheter le dernier numéro du *Père Duchêne*.

Le vendeur était un jeune garçon vêtu d'une blouse blanche, nu-tête, ce qui s'expliquait par une énorme chevelure crépue qui lui tombait jusque sur les épaules.

Il avait la mine narquoise, la voix enrouée, l'attitude impertinente du gamin de Paris.

— Achetez le *Père Duchêne!* répétait-il, vous y verrez la grande victoire remportée sur les Autrichiens par le citoyen général Pichegru. Un décime! rien qu'un décime!

Le vendeur faisait quelques pas encore et poursuivait :

— Achetez le *Père Duchêne!* vous y verrez encore le trait de civisme du brave capitaine Dagobert, qui a défendu à lui tout seul un pont que les ennemis attaquaient.

Comme il criait ce dernier boniment, le vendeur du *Père Duchêne* passait devant la boutique de la citoyenne Bargevin, la blanchisseuse.

En ce moment, cette dernière était dans l'arrière-boutique, occupée, avec Zoé, à préparer le repas du soir et à dresser l'humble couvert.

Aurore et Jeanne étaient seules.

Seules elles entendirent le crieur.

Jeanne jeta un cri de joie, Aurore pâlit et sentit tout son sang affluer à son cœur.

Elle fut obligée même, pour ne pas tomber, de s'appuyer à la table à repasser.

Mais Jeanne s'élança vers l'arrière-boutique et cria :

— Zoé! Zoé!

— Qu'est-ce qu'il y a? dit l'enfant d'un ton grincheux.

Jeanne avait tiré de sa poche une poignée de sous.

— Va m'acheter le journal, dit-elle, va vite !

Zoé prit les sous; mais elle ne bougeait pas. Elle regardait tour à tour Aurore chancelante et Jeanne qui semblait en proie à une vive émotion.

— Mais va donc ! lui dit la mère Simon.

La bonne femme ne comprenait pas; mais elle devinait qu'il avait dû se passer quelque chose d'extraordinaire.

Zoé partit.

Alors la blanchisseuse regarda les deux jeunes filles.

— Mais qu'y a-t-il donc? fit-elle.

Jeanne se jeta à son cou.

— Il y a, dit-elle, qu'on a livré une grande bataille, et que Dagobert s'est couvert de gloire.

— Dagobert! exclama la mère Simon.

Puis elle se souvint.

— Ah! oui, dit-elle, je sais.

On avait beaucoup parlé de Dagobert depuis que les deux jeunes filles étaient chez Simon Bargovin. Dagobert était un soldat de la République; Dagobert n'était pas un aristocrate. Pourquoi n'aurait-on pas parlé de lui?

Seulement, un soir, comme Zoé demandait pourquoi on s'intéressait à lui, Benoît avait répondu :

— C'est mon cousin et le promis de ma sœur Aurore.

Aurore avait rougi jusqu'au blanc des yeux et adressé un regard plein de reproche à Benoît, mais ce regard avait été son unique protestation.

Zoé revint.

Elle apportait le numéro du *Père Duchêne.*

Aurore voulut étendre la main pour s'en saisir, mais elle n'en eut pas la force. Ce fut Jeanne qui le prit.

Elle avait de bons yeux, la frêle et jolie pupille des moines, et puis elle, qui tremblait d'ordinaire, se trouvait avoir plus de courage que sa sœur ce jour-là.

Elle n'eut qu'à parcourir les quatre pages de la feuille publique pour trouver aussitôt le récit de la

11.

bataille et le paragraphe qui concernait le capitaine
Dagobert.

Ce paragraphe était ainsi conçu :

« Le citoyen général en chef Pichegru a porté à la
» connaissance de la Convention l'héroïsme du capi-
» taine Dagobert, de la 3e batterie d'artillerie montée.

» Le Wahal était glacé; nos pontonniers allaient
» s'engager sur la glace, laissant à droite un pont
» occupé par l'ennemi.

» Un horrible craquement se fit entendre : la glace
» n'était pas assez solide, et force fut à nos soldats de
» battre en retraite. Ce fut alors que le capitaine Da-
» gobert, à la tête d'une poignée d'hommes, s'élança
» vers le pont.

» Les ennemis y avaient établi une batterie qui
» mitraillait nos soldats.

» Ils étaient trente en entrant sur le pont; ils
» n'étaient plus que dix au milieu.

» Un seul homme parvint à la batterie, sabra les
» artilleurs sur leurs pièces et en tourna une contre
» l'ennemi.

» C'était le capitaine Dagobert.

» Pendant dix minutes, il parvint à défendre l'en-
» trée du pont, sur la rive opposée.

» La mitraille, les balles, les obus pleuvaient autour
» de lui.

» Au milieu de cet ouragan de fer, le capitaine de-
» meurait impassible et calme... »

Jeanne avait lu à mi-voix.

A cet endroit de la lecture elle s'arrêta pour regarder Aurore.

Aurore était blanche comme une statue, et si un
tremblement convulsif n'eût agité tout son corps, on
aurait pu croire qu'elle était morte.

Jeanne laissa tomber le journal et se jeta à son
cou.

— Oh! pauvre sœur; dit-elle, comme tu l'aimes!

Aurore jeta un cri et le rouge lui monta de nouveau
au visage.

— Tais-toi! dit-elle, au nom du ciel, tais-toi!

Mais comme elle disait cela, Benoît le bossu et
Simon Bargevin entrèrent dans la boutique.

— Qu'est-ce qu'il y a donc ici? s'écria Simon.

Jeanne embrassait déjà Benoît.

— Oh! disait-elle, si tu savais... Mais non, tu ne
peux pas savoir... Tiens, lis!

Et elle lui mit le journal sous les yeux.

Benoît, tout ému, le parcourut.

— Eh bien! ma foi! dit-il, voilà qui tombe rudement à point. Je n'aurais jamais su comment vous
apprendre la nouvelle.

— Tu la savais donc? s'écria Jeanne,

— Non. Ce n'est pas de cette nouvelle-là qu'il s'agit, c'est d'une autre.

Et comme tous le regardaient avec anxiété.

— Dagobert est à Paris, dit-il.

Jeanne poussa un nouveau cri.

— Et c'est bien vrai qu'il est capitaine, ajouta Benoît, et même qu'il est en passe de devenir général.

En même temps, Benoît tira de sa poche la lettre que le débardeur Nibelle lui avait remise le matin, et il la mit sous les yeux de Jeanne.

— Ah! quel bonheur! fit-elle en lisant.

Puis, tout à coup :

— Oh! le vilain! dit-elle, il m'aime bien, je le sais... mais ce n'est : as de moi... qu'il parle...

Et elle passa la lettre à Aurore.

Aurore s'était un peu remise de son trouble; mais à peine eut-elle lu les quelques lignes écrites par Bibi, et qu'on eût juré écrites par Dagobert, qu'elle pâlit de nouveau et que son tremblement nerveux la reprit.

Benoît se pencha vers elle :

— Ah! ma foi! demoiselle, dit-il tout bas, il y a longtemps que mamzelle et moi le savions, allez! ne faut plus vous en défendre, voyez-vous, puisqu'il est en passe de devenir général.

— Tais-toi! répéta Aurore d'une voix mourante.

— Je veux bien me taire, dit Benoît, tenace comme

un vrai paysan qu'il était, mais vous viendrez, n'est-ce pas?

Aurore se taisait.

— Si vous ne venez pas, répéta Benoît plus bas encore, il est capable de regretter de n'être pas mort sur le pont.

— J'irai, murmura Aurore d'une voix étouffée.

. . . .

Cette scène avait bouleversé tous les assistants et personne n'avait plus songé à Zoé.

Zoé, silencieuse et farouche, dans le coin le plus obscur, attachait sur Aurore ses grands yeux pleins de haine.

Et Zoé se disait :

— Je vais prévenir M. Bibi. Ce capitaine... il serait capable de les sauver...

Cependant, toute cette émotion s'était peu à peu apaisée.

On s'était mis à table dans l'arrière-boutique, et on avait mis les volets à la devanture sur la rue.

Aurore avait retrouvé un calme menteur.

Mais Jeanne avait les yeux pleins de larmes.

— Oh ! le vilain Dagobert ! disait-elle. Pourquoi donc ne veut-il pas me voir, moi aussi ?

Alors Benoît profita d'un moment où Zoé était sortie pour aller chercher deux sous d'huile pour la salade :

— Je vais vous expliquer ça, demoiselle, dit-il.
Mamzelle Aurore a les cheveux noirs. On peut être
jolie et être du peuple; mais voyez-vous dans nos
campagnes beaucoup de cheveux blonds? Non, n'est-
ce pas? Il n'y a que les grandes dames qui ont les
cheveux blonds.

— Eh bien! je les cacherai, dit Jeanne; je mettrai
un bonnet bien large.

Mais Aurore s'interposa.

— Non, dit-elle; puisque Dagobert le veut ainsi,
il faut faire ce qu'il veut. Mais nous le ramènerons
avec nous... n'est-ce pas, Benoît?

— Oui, demoiselle.

— Lui!

— Oui.

— Pardine! fit Benoît, un capitaine, ça n'a pas
besoin de se cacher, ça peut aller partout.

— Chut! dit Simon Bargevin, méfiez-vous... voici
le moucheron qui rentre... faut se méfier...

En effet, Zoé revenait avec sa burette d'huile, et
toujours, sombre et fatale, elle ruminait ses sinistres
projets de dénonciation dans sa tête.

Zoé n'avait plus peur que d'une chose, c'est que
M. Bibi ne pût pas lutter avec le beau capitaine qui
aimait Aurore.

XXIV

Bibi n'avait pas perdu son temps durant cette journée.

Il était retourné voir le citoyen X..., et lui avait annoncé que l'une des deux jeunes filles serait arrêtée le soir même.

Le citoyen X... avait écrit à Chaumette, le procureur général, un mot dans lequel il lui annonçait que la police était sur la trace d'une jeune aristocrate qui, en dépit de ses airs de candeur, était excessivement dangereuse, et qu'il était urgent de s'en débarrasser au plus vite.

Après quoi, Bibi s'en était allé chez le citoyen Paul, au quai des Orfévres.

Le chef de la sûreté l'attendait avec une certaine anxiété.

— Figure-toi, lui avait-il dit, que je ne dors pas depuis hier.

— Pourquoi ça?

— Je pense à ma fille.

— Ta fille ne court aucun danger.

— Mais... l'autre?

— Eh bien, l'autre, c'est convenu... ne me l'as-tu pas abandonnée?

Le citoyen Paul avait poussé un soupir.

— Avec ça que tu dois l'aimer! ricana Bibi.

— Non, certes, murmura le chevalier qui sentit se réveiller sa haine pour la fille de Gretchen. Mais ma fille l'aime...

— Bah! qu'est-ce que ça te fait?

— Pauvre Aurore! dit encore le citoyen Paul, elle est capable d'en mourir.

Bibi haussa les épaules.

— On ne meurt pas de chagrin quand on est femme, dit-il, et sais-tu pourquoi?

— Non, balbutia le chef de la sûreté.

— Parce qu'on peut pleurer. Les larmes sont un brevet de longue vie.

Le citoyen Paul ne répondit pas.

Puis, après de silence :

— Mais au moins, dit-il, tu ne me feras pas défaut vis-à-vis de Toinon?

— Oh! non, certes.

— Je peux compter sur toi?

— A la vie et à la mort. Et puis, dame! ajouta Bibi, tu m'as donné des idées de luxe et de fortune, à moi qui avais des goûts modestes, et je n'ai pas dormi beaucoup plus que toi depuis hier.

— Ah!

— J'ai songé aux millions d'Antonia. Peste! si tu m'en crois, nous irons vivre dans un pays bien tranquille, en Écosse ou au fond de l'Allemagne; nous achèterons un château.

Le citoyen Paul ne répondit pas.

— Nous emmènerons ta fille, continua Bibi, et je l'épouserai, si tu veux.

Un sourire dédaigneux vint aux lèvres du citoyen Paul.

Le gentilhomme se révoltait sous le masque du chef de la sûreté.

— Tu plaisantes agréablement, dit-il.

— Mais non, fit Bibi, je la trouve charmante.

— Tu es fou!

Et, comme si le citoyen Paul eût eu hâte de briser cette conversation irrégulière, il ajouta brusquement:

— Mais comment as-tu dressé tes batteries?

— Pour faire arrêter Jeanne?

— Oui.

— De la façon la plus simple.

Et Bibi raconta d'abord au citoyen Paul l'histoire de la lettre contrefaite, et par quel moyen il l'avait fait tenir au bossu.

— C'est fort bien, dit le citoyen Paul, mais le maître de l'hôtel de Champagne est donc un homme à toi?

— Pas davantage.

— Alors il dira qu'il n'a pas entendu parler du capitaine Dagobert?

— Au contraire.

— Voilà que je ne comprends plus.

— Le capitaine Dagobert est chez lui depuis ce matin.

— Comment cela? Dagobert est à Paris ?

Bibi se mit à rire.

— Le vrai, non, mais il y a un faux Dagobert.

— Ah!

— J'ai habillé un de mes hommes en capitaine et il s'est logé à l'hôtel de Champagne, sous le nom de Dagobert.

— Je comprends à présent, mais Benoît verra bien...

— Benoît n'a rien vu du tout, car il est déjà allé à l'hôtel tout à l'heure.

— Et que lui a-t-on dit?

— Sa bosse était un signalement. Mon faux Dagobert était sorti en recommandant que, si un bossu se présentait, on lui dit bien qu'il l'attendrait le soir avec la personne qu'il savait.

— Tu es un homme habile, dit le citoyen Paul. Pauvre Aurore !

Et il soupira encore.

— Parole d'honneur! murmura Bibi, tu es mélan

colique et sentimental ce soir, patron; et je crois que si je ne brusquais pas un peu les choses...

— Brusque-les donc! dit le citoyen Paul d'une voix sourde, et laisse-moi.

Et celui qui s'était appelé le chevalier des Mazures mit son front dans ses deux mains et tomba dans une morne rêverie.

Peut-être se souvenait-il, en ce moment, que Jeanne avait vécu deux années sous son toit et qu'elle l'avait appelé : « Mon père! »

Bibi se hâta de s'esquiver.

Il s'en alla par le même corridor que nous avons déjà décrit; mais, au lieu de descendre l'escalier, il monta, au contraire, à un étage supérieur; il frappa à une porte qui s'ouvrit aussitôt.

Il se trouva alors au seuil d'une salle assez vaste, disposée comme un poste de soldats, avec ses lits de camp contre les murs et un poêle au milieu.

Une douzaine d'hommes à mine suspecte se chauffaient en causant.

Sur les lits, on voyait une collection de grosses cannes, de pistolets et de poignards.

Cette salle était comme le corps-de-garde de MM. les agents subalternes de la sûreté.

A la vue de Bibi, tous se levèrent.

Bibi était pour eux comme une manière de général.

— Coriolan? dit-il.

A ce nom romain prononcé par Bibi, un de ces hommes s'avança et porta la main à sa casquette graisseuse.

— On a besoin de toi, dit Bibi.

— De moi seul?

— Non, tu prendras avec toi quatre de tes hommes les plus sûrs.

— C'est bien, dit Coriolan, qui était une espèce de colosse, j'attends tes ordres.

— Écoute bien ce que je vais te dire, reprit Bibi qui l'entraîna au fond de la salle et se mit à lui parler à voix basse.

— Parlez, patron.

— Ce soir, à dix heures, tu te procureras un fiacre.

— Bon!

— Et tu te rendras rue Honoré avec tes hommes. Vous resterez dans le fiacre, qui stationnera rue des Prouvaires, jusqu'à ce qu'un militaire s'approche et vous dise : Je suis le capitaine Dagobert.

— Un drôle de nom, fit Coriolan.

— Qui est porté provisoirement par un de tes amis, le citoyen Brunet.

— Ah! bien! je comprends, dit Coriolan en souriant. Et puis?

— Et puis, tu suivras Brunet, et il vous conduira dans une maison où vous arrêterez une jeune fille et un bossu.

— Parfait !

— Vous mettrez la jeune fille et le bossu dans le fiacre.

— Et nous les conduirons à l'Abbaye?

— Justement. Seulement, le lendemain, vous relâcherez le bossu si bon vous semble ; je n'y tiens pas.

— Et la jeune fille?

— Oh ! fit Bibi avec un sourire sinistre, la jeune fille, c'est différent; c'est de l'*herbe à faucher*, et je te promets qu'on ira vite.

Ce dernier ordre donné, Bibi n'avait plus rien à faire.

Il quitta donc le quai des Orfévres et regagna le quartier Montorgueil.

Comme il tournait la rue Montmartre, auprès de Saint-Eustache, il entendit crier le dernier numéro du *Père Duchêne*, et le nom de Dagobert frappa son oreille.

Il acheta le journal.

— Voilà qui est bizarre ! murmura-t-il.

Et il lut l'article annoncé, sous un réverbère.

— Bigre ! fit-il encore en fourrant le journal dans sa poche et en s'en allant, pourvu que cela ne dérange pas mes petites combinaisons !

Ce soir-là, Bibi ne joua pas au domino.

Il se plaça auprès de la devanture, à son café,

qui était situé à peu près vis-à-vis de la boutique de la mère Simon Bargevin.

On lui apporta son café, il s'empara d'une gazette et se mit à lire, ou plutôt il feignit de lire, car il ne quittait pas des yeux la rue qui commençait à devenir déserte et que le brouillard du soir envahissait.

Il put voir ainsi la boutique de la blanchisseuse se fermer.

Mais la lumière du dedans filtrait au travers des volets mal joints, et Bibi comprit qu'on attendait l'heure du rendez-vous.

Enfin, comme neuf heures trois quarts sonnaient, la porte de la maison s'ouvrit, un homme et une femme en sortirent.

L'homme était vêtu d'une blouse, la femme enveloppée et encapuchonnée sous un grand manteau.

Bibi reconnut Benoît, et il ne douta pas un seul moment que la femme qui venait de prendre son bras ne fût Jeanne, car elle passa si rapidement qu'il ne put voir son visage.

— Allons, ça y est ! murmura-t-il ; je puis aller me coucher maintenant...

Et il rentra tranquillement chez lui.

XXV

Cependant Benoît et Aurore s'en allaient au rendez-vous donné par le faux Dagobert.

Benoît manifestait une joie naïve.

Aurore était, au contraire, toute tremblante, et à mesure qu'ils s'éloignaient de la rue du Petit-Carreau, elle sentait son cœur se serrer.

Pourquoi ?

Avait-elle le pressentiment d'un malheur?

Non, peut-être; mais elle sentait que sa démarche était un aveu.

Elle aimait Dagobert!

La fille de race, la hautaine comtesse Aurore, comme on l'appelait autrefois, aimait un homme de rien, un forgeron.

Il est vrai que le forgeron, devenu soldat, était en train de conquérir ses lettres de noblesse; mais la noblesse ne fait pas la race, et Dieu lui-même ne saurait créer un gentilhomme.

Et puis, le jour où Aurore était descendue au fond de son cœur, le jour où, pour la première fois, elle s'était aperçue qu'elle aimait Dagobert, elle avait fait le serment de laisser cet amour enseveli dans le mystère de son âme.

Jamais elle n'en avait fait l'aveu, jamais elle n'avait voulu répondre à la petite Jeanne qui avait, en partie, deviné son secret.

Et voici que tout d'un coup elle se trahissait, qu'elle acceptait un rendez-vous donné par Dagobert; que la patricienne allait donner la main au forgeron et lui dire : Je suis venue, parce que je vous aime !

Aurore n'était pas au bout de la rue Montorgueil, qu'elle s'était dit tout cela.

Elle marchait en chancelant, et tout à coup elle s'arrêta.

— Qu'est-ce qu'il y a donc, demoiselle? demanda naïvement Benoît le bossu.

— J'ai peur... répondit Aurore.

— De quoi donc avez-vous peur?

— Je ne sais pas...

— Oh! par exemple !

Aurore ne bougeait pas et Benoît n'osait insister pour qu'elle se remît en route.

Enfin, après quelques secondes, Aurore reprit :

— Tiens, Benoît, écoute-moi.

— Parlez, demoiselle.

— Ce n'est pas convenable, vois-tu, que j'aille ainsi voir Dagobert.

— Ah! demoiselle.

— Tu vas y aller tout seul, mais tu le ramèneras.

— Mais vous, demoiselle?

— Moi, dit Aurore, je vais m'en retourner. Sois tranquille, je ne me perdrai pas...

Benoît voyait Aurore toute pâle, toute tremblante, et il fut sur le point de céder.

Mais il pensa à la douleur qu'éprouverait sûrement Dagobert en le voyant arriver seul.

— Écoutez-moi, demoiselle, fit-il à son tour.

— Parle.

— Si Dagobert, qui, mieux que personne, vous pensez, sait le respect qu'il vous doit, s'est permis de vous donner rendez-vous, c'est qu'il a certainement une raison puissante pour cela. Qui sait? Il a peut-être à vous dire quelque chose que mamzelle Jeanne ne doit pas savoir. C'est un si drôle de temps que celui où nous sommes.

Benoît avait fourni, sans s'en douter beaucoup, un argument sans réplique.

Aurore ne trouva plus rien à opposer au raisonnement du bossu.

— Allons! dit-elle.

Et bien que son cœur continuât à se serrer, elle se remit en marche.

La distance n'était pas longue de la rue du Petit-Carreau à la rue Saint-Honoré, d'autant plus que l'hôtel de Champagne et de Picardie était situé en face de la rue des Prouvaires.

Mais à mesure qu'elle approchait, Aurore ralentissait sa marche, et son émotion augmentait.

Ils arrivèrent enfin.

La porte de l'hôtel était encore ouverte et l'allée n'était fermée que par une claire-voie, que Benoit poussa et qui mit en mouvement une sonnette placée à l'intérieur.

A ce bruit la grosse dame, qui avait déjà vu Benoit, sortit de son bureau.

— Ah ! c'est vous, dit-elle, que le capitaine Dagobert attend ?

— Oui, dit Benoit; est-il rentré ?

— Montez à sa chambre, dit la grosse dame; la clef n'est pas dans le casier, il doit y être; c'est le n° 3, au premier étage.

Aurore eut encore la tentation de revenir sur ses pas; mais elle fut entraînée par Benoit, tout à la joie de revoir Dagobert.

Benoit monta lestement au premier étage.

Là il trouva un corridor éclairé par un quinquet fumeux, et plusieurs portes au-dessus desquelles il y avait des numéros.

Quand il eut trouvé le n° 3, il frappa.

— Entrez ! dit une voix empreinte d'un fort accent alsacien, et qui n'avait rien de celle de Dagobert.

— Ce n'est pas là... tu te trompes... dit Aurore, qui voulut rétrograder.

Mais la porte s'ouvrit, et un soldat parut et dit :

— *Endrez! zidoy en Penoît.*

— Le capitaine Dagobert? dit Benoît.

— C'est ici, dit l'Alsacien. *Moi, prosseur tu gabidaine.*

Benoît et Aurore pénétrèrent dans la chambre, ou plutôt dans la première pièce du petit appartement, où l'on voyait une autre porte au fond.

— Mon gabidaine pas rendré engore; mais bas darter; moi envoyé vaire attendre fous et mamzelle, dit le brosseur, qui avait une honnête et brave figure.

Et il mit du bois dans le feu.

Aurore s'était laissée tomber sur un siége, et, toute tremblante, elle ne prononçait pas un mot.

Le bon Alsacien continua :

— Mon gabidaine pien goudent voir zidoyen Penoît et mamzelle... oh! pien goudent! Mais si lui êdre en redard, bas sa vaute tu dout; dîner chez zidoyen chénéral. Tiscipline afant dout!

Et comme il disait cela, on entendit des pas dans l'escalier.

— Le voilà! s'écria Benoît.

Le pas de l'homme aimé retentit sans doute au cœur d'une manière toute particulière, car Aurore ne bougea point.

— Non, dit-elle, ce n'est pas lui.

Cependant les pas s'arrêtèrent à la porte; mais comme la clef était restée en dehors, une main la tourna et un homme entra sans façon.

Benoît fit un pas en arrière, car il était en présence d'un inconnu.

Aurore eut un geste d'effroi.

Cependant l'homme qui rentrait portait un uniforme et l'épaulette de capitaine.

— Voilà mon gabidaine, dit l'Alsacien.

Le nouveau venu lui fit un signe impérieux et il sortit.

Aurore et Benoît étaient stupéfaits.

Cet homme n'avait aucune ressemblance avec Dagobert.

Cependant il ferma la porte et dit :

— Bonsoir, mes amours !

Aurore fut indignée de ce ton familier.

— Pardon, monsieur, dit-elle, je crois que vous vous trompez et que nous nous trompons aussi. Nous venions pour voir le capitaine Dagobert.

— C'est moi.

— Ah ! cette bêtise ! fit Benoît.

— Mademoiselle, dit en riant le faux capitaine, point n'est besoin de vous regarder les mains et les pieds pour savoir à qui on a affaire. Vous parlez en aristocrate et vous êtes bien celle que j'attends.

— Vous m'attendiez, vous ?

Et Aurore, oubliant toute prudence, se dressa hautaine et dédaigneuse.

Benoît s'était instinctivement placé devant Aurore pour la défendre.

Le faux capitaine continua :

— Je vois bien qu'il faut nous expliquer, mademoiselle ; je ne m'appelle pas Dagobert...

— Ah ! il en convient ! dit Benoît qui serrait ses poings.

— Je ne m'appelle pas Dagobert, mais Brunet, poursuivit cet homme. Je ne suis pas capitaine, mais agent de police. Commencez-vous à comprendre ?

Benoît jeta un cri.

— On vous a tendu un piége et vous y êtes tombée, mademoiselle, répéta l'agent. Je le regrette, car vous êtes charmante...

Aurore, un moment défaillante, retrouva alors tout son courage.

— Monsieur, dit-elle, vous avez mission de m'arrêter, sans doute, mais non de m'outrager.

— Vous arrêter ! hurla Benoît. Ah ! bien oui... quand je serai mort !

Et il serra ses poings énormes et voulut se jeter sur le faux capitaine.

Mais la porte se rouvrit et quatre hommes, dont le faux Alsacien, entrèrent.

12.

— Allons, dit ce dernier en reprenant un accent tout parisien, fouillez-moi ce garçon, mes enfants.

Et Coriolan, car c'était lui, se rua sur Benoît, lui passa la jambe et le renversa sur le parquet.

Aurore avait, en ce moment, reconquis cette froide intrépidité de sa jeunesse, et tout l'orgueil de sa race la soutint.

Elle ne cria point, elle ne s'évanouit point; elle demeura calme et hautaine et ne prononça que ces mots :

— Pauvre Jeanne !...

— Mademoiselle, lui dit Brunet, voulez-vous me donner le bras ? Je ne veux pas que mes hommes vous touchent... .

Aurore ne tremblait plus, Aurore levait la tête.

— Où me conduisez-vous, monsieur? dit-elle.

— A l'Abbaye.

— Marchons, dit-elle.

Et elle répéta tout bas :

— Pauvre Jeanne !

. . . .

— Et dire qu'ils sont tous comme ça, ces aristocrates ! murmurait Brunet, assis sur le siége du fiacre dans lequel on emmenait Aurore et Benoît; ils vont à la mort comme au bal.

— Le bossu pousse des cris, dit Coriolan, et c'est comme si on ne l'avait ni bâillonné ni garrotté.

— L'imbécile ! répondit Brunet; demain, on le relâchera... tandis que la pauvre petite...

Coriolan poussa un soupir.

— Si belle et si jeune ! dit-il. Quand on pense que demain, à midi, elle aura reçu le baiser du rasoir de la République!...

XXVI

Revenons maintenant à un personnage de notre récit que nous avons un peu perdu de vue.

Nous voulons parler de Polyte.

Polyte, on se le rappelle, avait été recueilli par la citoyenne Antonia, et cette dernière l'avait accablé de caresses à la suite de son récit sur ce qui s'était passé dans le cabaret de Coclès, et de la remise qu'il lui avait faite du médaillon.

— Voilà un homme précieux pour moi, s'était dit Antonia.

Polyte avait fort naïvement avoué le brutal amour que lui avait inspiré Aurore; Polyte disait qu'il la retrouverait, attendu que Paris n'avait pas de mystères pour lui.

Polyte était donc l'homme qu'il fallait à Antonia.

C'était pour cela qu'elle l'avait gardé, espérant bien se servir de lui, comme on utilise quelquefois le merveilleux flair d'un chien pour lui faire, à son insu, trahir son maître.

Le pâle faubourien était donc très-confortablement installé depuis cinq jours à la cuisine et à l'office de la maison de campagne d'Antonia.

Les officieux le comblaient de prévenances, et la camérière d'Antonia lui faisait même les yeux doux.

Mais Polyte n'avait qu'une idée, se remettre de son entorse, retourner à Paris et retrouver Aurore.

Aussi demeurait-il presque indifférent à toutes les cajoleries dont il était entouré.

Au bout de vingt jours il boitait encore, mais il était en état de marcher.

Dès le matin, il demanda à voir la généreuse citoyenne qui l'avait soigné et recueilli.

Antonia le reçut et eut un geste de surprise, lorsque Polyte parla de s'en aller, prétextant tout d'abord qu'il était confus de tant de bontés et qu'il ne voulait pas en abuser.

Mais on ne trompait par facilement Antonia.

Dès les premiers mots elle l'arrêta et dit :

— C'est-à-dire que tu es toujours amoureux.

— Ça, c'est vrai, citoyenne, répondit Polyte.

— Et tu veux la retrouver ?

— Oui.

Antonia demeura pensive un moment.

Lorsque, tout d'abord, elle avait gardé Polyte, elle avait son but, et un but facile à comprendre. Les deux jeunes filles étaient à Paris, Polyte en aimait une ; en ne perdant pas Polyte de vue, on finirait par retrouver Aurore et Jeanne.

Ce raisonnement fort logique avait perdu de sa force par suite des circonstances.

Le citoyen X..., l'ami de Robespierre, le fidèle servant d'Antonia, au lieu d'utiliser Polyte, s'était adressé au citoyen Paul.

Le citoyen Paul avait procuré Bibi ; Bibi avait demandé quarante-huit heures pour mettre la main sur les deux jeunes filles ; on n'avait donc plus besoin de Polyte.

Aussi Antonia, qui n'avait parlé de rien moins d'abord que de lui faire sa fortune, ne lui parlait-elle plus de rien et accueillit-elle avec une sorte d'empressement l'intention que Polyte manifestait de se retirer.

Mais comme elle allait lui mettre une dizaine de pièces d'or dans la main, un éclair traversa son cerveau.

Polyte n'était plus utile, mais Polyte pouvait devenir dangereux.

Comment ?

Tandis que Bibi recherchait Aurore et Jeanne, Polyte les chercherait aussi, et comme il aimait Aurore et en parlait avec un fanatisme sauvage, il la prendrait sous sa protection, et pourrait, jusqu'à un certain point, entraver l'action de la police.

Aussi lui dit-elle en souriant :

— Tu n'es pas si pressé de partir que l'on ne puisse causer un moment avec toi ?

— Ah ! pour ça, non, citoyenne.

— Où vas-tu aller en partant d'ici ?

— A Paris, donc.

— Paris est grand, sais-tu ?

— Oui, mais je le connais si bien ; je ne demande pas trois jours pour être à ses genoux, et lui dire : « Aristocrate de mon cœur, je veux faire de toi une bonne citoyenne. »

Antonia continua à sourire :

— Trois jours, c'est bien long, dit-elle.

— Ah ! dame ! c'est que, comme vous le dites, Paris est grand, et Coclès qui les protège les aura bien cachées.

— Eh bien, dit Antonia de plus en plus souriante, écoute-moi.

— Parlez, citoyenne.

— Tu penses bien que si je t'ai acheté le médaillon qui représente la sœur ou l'amie de celle que tu aimes, j'y avais un intérêt.

— C'est bien sûr.

— Tu aimes l'une, moi je veux sauver l'autre de l'échafaud. Comprends-tu ?

— Ah! c'est différent, dit Polyte; et pour ça je m'en moque. La guillotine a assez de veine depuis quelque temps, pour qu'on la triche et la carrote un peu à l'occasion.

— Mais tu ne sais pas encore où j'en veux venir ?

— Ma foi, non !

— Eh bien! dit Antonia, tu espères retrouver la jolie Aurore d'ici à trois jours...

— J'en mettrais ma main au feu.

— Moi, dit Antonia, j'espère te dire où elle est, ce soir ou demain matin.

Polyte fit un geste d'étonnement.

— Tu sais, continua la citoyenne Antonia que je ne suis pas la première venue.

Polyte salua.

— Le citoyen Robespierre a soupé ici bien souvent, et je fais un peu ce que je veux.

— C'est fameux, ça ! dit naïvement Polyte.

— J'ai donc mis des gens en campagne qui m'obéissent aveuglément, poursuivit Antonia, et il m'ont promis de me venir dire aujourd'hui même où seraient les deux petites.

— Vrai ? fit Polyte.

— Tu vois bien que tu aurais tort de t'en aller ce matin et que tu feras bien d'attendre à demain.

— Ah ! mais oui, j'attendrai, si c'est comme ça, dit Polyte enchanté.

Et il retourna à l'office, où on lui donna de bon vin et un excellent déjeuner.

Le même jour, vers le soir, le citoyen X... arriva.

Antonia l'attendait avec impatience.

— Eh bien ! dit-elle, où en est ce merveilleux agent de police ?

— Il en a trouvé une.

— Et pas l'autre ?

— Non, mais il la trouvera. Il prétend qu'elle n'est pas à Paris en ce moment.

— Et qu'elle est celle qu'il a sous la main ?

— La blonde, celle dont vous lui avez donné le portrait.

— Est-elle arrêtée ?

Le citoyen X... tira sa montre.

— Elle le sera dans la soirée, entre dix et onze heures.

— Fort bien, dit Antonia; mais comment se fait-il que l'autre ne soit pas à Paris ?

— Je n'en sais rien, répondit le citoyen X... Cependant, si vous voulez toute ma pensée, je vais vous la dire.

— Parlez.

— Bibi dit qu'elle n'est point à Paris, mais je crois que c'est une défaite et qu'il n'en sait rien. Tout ce qu'il y a de vrai, c'est qu'il ne l'a pas encore trouvée.

— Je suis de votre avis, dit Antonia.

Puis elle songea à Polyte.

— Eh bien, dit-elle, je lui donnerai un auxiliaire.

Et en effet, elle fit dire par sa camérière à Polyte qu'il se tînt tranquille ce soir-là, qu'il soupât de bon appétit et dormit son content, mais que le lendemain il y aurait du nouveau.

Dès le lendemain, au point du jour, Polyte se présentait devant la citoyenne Antonia.

— Fort bien, lui dit-elle, tu es un enfant de Paris et tu dois être d'un grand secours à ceux que j'ai mis en campagne.

— Comment ! dit Polyte, il ne les ont pas retrouvées encore ?

— Ils n'en ont trouvé qu'une.

— Laquelle ?

— La blonde.

— Mais... l'autre ?

— Ils ne savent où la prendre.

— Eh bien ! dit Polyte, comme c'est elle que j'aime, je la trouverai, moi.

— C'est ce que j'ai pensé, répondit Antonia. Aussi vais-je te donner une lettre.

— Pour qui ?

— Pour un de ceux que j'avais employés. Tu lui seras utile et il t'aidera : on fait toujours mieux une besogne à deux que tout seul.

Et Antonia écrivit ces mots :

«Cit o yen,

» Je vous adresse un garçon qui peut vous être utile » pour retrouver l'autre jeune fille. Il en est amou- » reux fou. Aussi, tout en vous servant de lui, tenez- » vous pour averti. »

Puis elle mit ce billet sous enveloppe et le cacheta à na cire, de façon que Polyte n'eût pas la tentation de l'ouvrir.

Ensuite, elle lui dit :

— Tu vas aller à Paris.

— Bon, dit Polyte, et, quoique boiteux, je ne flâne- rai pas en route.

— Tu iras rue Saint-Honoré, chez le citoyen X... que tu as vu ici et qui est mon ami.

Polyte inclina la tête.

— Et il te dira où tu dois porter cette lettre.

Polyte prit le billet, mais comme il faisait un pas de retraite, Antonia lui dit encore :

— Tu ne vas pas t'en aller comme ça.

Et elle lui mit une dizaine de pièces d'or dans la main.

— Fameux, ça! répéta Polyte.

Et il s'en alla.

Deux heures après, c'est-à-dire vers neuf heures du matin, il arrivait chez le citoyen X...

Celui-ci, qui s'était concerté avec Antonia la veille, lui dit :

— Tu vas aller rue du petit Petit-Carreau, dans la maison où se trouve une blanchisseuse.

— Connu !

— Et tu demanderas le citoyen Bibi.

— Est-ce à lui que je dois remettre cette lettre ?

— Oui.

Polyte partit et prit le chemin de la rue du Petit-Carreau, où, comme on le pense, la citoyenne Barge-vin, son mari et Jeanne avaient dû passer une nuit pleine d'angoisses, car Benoit et Aurore, partis la veille au soir, à dix heures, n'étaient point rentrés.

XXVII

Jusqu'à minuit, on avait pris patience chez la blan-chisseuse.

Après tout, il pouvait se faire que le capitaine eût un peu retenu ses amis et qu'il se fût attardé à causer avec eux, oubliant la pauvre Jeanne.

Celle-ci s'était même dit, pour calmer son impatience :

— Puisque c'est Aurore qu'il aime, il est tout naturel qu'il ait voulu la voir la première.

Mais minuit sonna, puis successivement une heure et deux heures du matin.

Chaque fois qu'un pas retentissait dans la rue, Simon Bargevin, qui était demeuré dans la boutique et fumait tranquillement sa pipe, se levait et allait entrebâiller la porte.

Le passant attardé continuait son chemin, et Simon secouait la tête.

Enfin Jeanne s'était écriée :

Mais qu'est-ce que tout cela veut donc dire ? Pourquoi ne reviennent-ils pas ?

De sombres pressentiments commençaient à assaillir la blanchisseuse qui ne soufflait mot.

Elle avait envoyé Zoé se coucher, et cela bien avant le départ de Benoît et d'Aurore.

Mais Zoé ne dormait pas.

La petite s'était glissée hors de son lit et s'était approchée sans bruit de cette lucarne vitrée qui donnait sur la boutique. De là, elle voyait et entendait sans être vue.

Comme Bibi ne l'avait pas mise dans ses secrets, Zoé avait cru à la lettre du capitaine et par conséquent, au lieu de se réjouir, elle était livrée au contraire à une vive anxiété.

Dans sa pensée, le capitaine n'aurait pas voulu laisser Aurore revenir rue du Petit-Carreau.

Vers trois heures du matin, Jeanne était au comble de l'angoisse et de l'épouvante.

Alors la mère Simon dit à son mari :

— Mais tu sais pourtaut bien où ils sont allés, toi, puisque tu as accompagné Benoît quand il est allé demander si le capitaine Dagobert était bien à Paris.

— Sans doute, répondit Simon, c'est à l'hôtel de Champagne et de Picardie.

— Eh bien ! si tu allais voir...

— J'y pensais, dit Simon.

— O monsieur ! que vous êtes bon ! avait murmuré Jeanne en lançant au débardeur un long regard de reconnaissance.

Simon avait endossé sa carmagnole, pris son bonnet et était sorti sans mot dire.

Une heure s'était écoulée, heure mortelle entre toutes ; puis on avait vu revenir Simon.

Il était seul, il était pâle et tout d'abord il ne put prononcer un mot.

— Mais parle donc ! s'écria la mère Bargevin qui avait des sanglots dans la voix.

Simon raconta alors qu'il avait longtemps frappé à la porte de l'hôtel sans qu'on vînt lui ouvrir.

Enfin, un officieux était venu et lui avait demandé ce qu'il voulait.

Simon avait prononcé le nom du capitaine Dagobert.

Alors le garçon d'hôtel s'était mis à rire et avait
voulu lui fermer la porte au nez.

Mais Simon, grand et robuste, avait fermé les
poings, et l'officieux, pris de peur, lui avait raconté
que le capitaine Dagobert, Benoît, une jeune fille venue avec ce dernier, et plusieurs hommes de mauvaise mine s'en étaient allés vers six heures et demie,
étaient montés dans un fiacre, et que l'un d'eux avait
dit au cocher : Mène-nous à l'Abbaye !

Puis, il avait ajouté après ce sinistre aveu.

— Je crois bien que le citoyen Dagobert n'est pas
plus capitaine que moi, et que c'est un homme de la
police; c'est pour cela, mon bon ami, que vous ferez
bien de vous en aller, et si le bossu et la jeune fille
vous intéressent, de leur chercher des protecteurs,
car ils sont dans de mauvais draps.

Jeanne avait écouté sans trop comprendre.

— L'Abbaye ! dit-elle enfin, qu'est-ce que l'Abbaye ?

— Une prison.

Jeanne frissonna. Puis elle fondit en larmes, et le
reste de la nuit s'écoula pour elle dans la consternation
et l'épouvante.

Zoé écoutait et regardait toujours.

Le jour vint.

Simon et sa femme ne savaient plus que faire de Jeanne, qui poussait des cris affreux et demandait qu'on lui rendît sa sœur.

Ni l'un ni l'autre n'osaient ouvrir la boutique, de peur que les sanglots de la pauvre fille ne fussent entendus par les gens du quartier, et que, la curiosité s'en mêlant, la vérité ne se découvrît.

Alors, Jeanne aussi était perdue...

Il était plus de huit heures du matin que la boutique était fermée encore.

Simon prit enfin une résolution héroïque : il enlaça Jeanne dans ses bras et la porta dans l'arrière-boutique en lui disant :

— Mamzelle, ce n'est pas le moyen de sauver votre sœur que de vous perdre vous-même. Si vous criez ainsi, les voisins entreront, et alors ce n'est pas vous seulement, mais nous aussi qu'on arrêtera.

Ces paroles calmèrent Jeanne ; il lui importait peu de mourir, maintenant qu'on lui avait pris sa sœur ; mais pouvait-elle entraîner avec elle dans l'abîme les deux pauvres gens qui lui avaient donné un abri ?

Elle cessa donc de crier.

Un moment ses nerfs crispés se détendirent, ses yeux demeurèrent secs et son visage exprima une sorte d'hébêtement voisin de la folie.

Puis des larmes se firent jour de nouveau, mais silencieuses cette fois, et elle tomba dans un profond anéantissement.

La mère Simon Bargevin ferma la porte qui séparait l'arrière-boutique de la boutique proprement dite et enleva les volets de la devanture.

Heureusement que le brouillard était très-épais et qu'elle n'était pas la seule à se lever tard aux yeux du voisinage.

Tout à coup un homme entra dans la boutique en courant.

La mère Simon jeta un cri.

Un cri qui fut entendu par son mari et par Jeanne, qui se précipitèrent.

Cet homme, c'était Benoît.

Benoît tout seul !...

Benoît éperdu, l'œil hagard, les vêtements déchirés, Benoît qui se laissa tomber sur une chaise en s'écriant :

— Je crois bien que tout ça n'est pas vrai et que j'ai fait un rêve épouvantable... Mademoiselle Aurore est ici, n'est-ce pas ? Elle y est... dites-moi qu'elle y est... Car je crois bien que je suis devenu fou.

Et, en effet, le pauvre garçon donnait toutes les marques de la folie, et il riait et pleurait, et s'arrachait les cheveux tout à la fois.

On l'entraîna dans le fond du pauvre logis; on le questionna, il ne répondit point tout d'abord.

— Mais je vous dis que mademoiselle Aurore doit être ici! disait-il avec un accent de suprême exaltation. Pourquoi me la cachez-vous?

Et il riait et il pleurait...

Et Jeanne épouvantée répétait comme Simon Bargevin :

— O mon Dieu! il est fou !...

Le peuple de Paris a ses remèdes de bonne femme tout comme le peuple des campagnes. Il en a même un qui, à ses yeux, est une panacée universelle et qu'il emploie à peu près pour tout.

Ce remède, c'est l'arnica.

On donne de l'arnica à l'homme qui tombe dans la rue et se blesse, à celui qui a été renversé par une voiture, à l'ivrogne qui a momentanément perdu la raison, à la femme qui a éprouvé une grande frayeur.

Voyant Benoît en cet état, la mère Simon Bargevin cria tout à coup :

— Zoé! Zoé! va-t'en chez l'apothicaire chercher pour un décime d'arnica.

Zoé n'avait point paru encore; on ne l'avait point vue descendre de sa soupente.

La mère Bargevin, voyant qu'elle ne donnait pas signe de vie, crut qu'elle dormait, et s'élança elle-même

13.

hors de sa boutique pour courir chez l'ap othicaire.

Simon et Jeanne étaient trop absorbés par Benoit, qui continuait à donner des marques de folie, pour s'occuper de savoir ce que la petite apprentie pouvait faire dans sa soupente à plus de huit heures du matin.

Mais Zoé n'y était pas.

Où donc était-elle ?

. . . .

Un peu avant que le jour parût, Zoé, qui ne savait plus ce que tout ce qu'elle voyait et entendait voulait dire, Zoé avait fait cette réflexion.

— Hier soir, j'avais peur que l'aristocrate n'eût été protégée par le capitaine ; et maintenant, voici qu'elle ne revient pas et que tout le monde pleure, sans que je sache de quoi il retourne.

Elle avait quitté un moment le chenil qui donnait sur la boutique pour s'approcher de la fenêtre qui donnait sur la cour.

En levant les yeux, elle vit de la lumière au troisième étage.

— Tiens, pensa-t-elle, M. Bibi est déjà levé !

Alors, elle n'hésita plus.

Elle était pieds nus, mais au lieu de se chausser, elle prit ses souliers à la main descendit dans l'arrière-boutique et ouvrit la porte de l'allée, par laquelle elle s'esquiva.

Cette porte s'ouvrait en dedans par un verrou à ressort.

Zoé la laissa tout contre, espérant la retrouver ainsi quand elle reviendrait, et elle monta l'escalier qui conduisait à l'appartement de Bibi.

Deux fois elle s'arrêta dans l'escalier pour prêter l'oreille, car elle avait cru entendre du bruit.

Enfin, elle atteignit la porte de Bibi et frappa doucement.

Mais Bibi était levé, et il vint ouvrir aussitôt.

Il était vêtu d'une magnifique robe de chambre rouge et verte, chaussé de pantoufles en tapisserie ; il abritait son front chauve sous un petit bonnet de soie noire et il avait une espèce de sourire aux lèvres.

— Ah! dit-il en voyant Zoé et sans manifester la moindre surprise. Eh bien ! il y a du nouveau chez toi, hein ?

— Vous savez donc...? fit Zoé stupéfaite.

Il cligna de l'œil, prit l'enfant par la main, l'entraîna dans la seconde pièce de son logement, et lui dit :

— Ne t'avais-je pas promis de te satisfaire ?

— Comment! c'est vous ?...

— Dame! fit naïvement Bibi. Mais voyons... dis-moi ce qui se passe en bas... Se doute-t-on de quelque chose? pleure-t-on beaucoup ?

Et Bibi, en faisant ces questions, ressemblait à un bon grand-père disant à un enfant :

— Mon chéri, dis-moi ta leçon, et si tu la sais bien, je te donnerai des pralines.

La crème des hommes, ce père Bibi !

XXVII.

Le visage renfrogné de Zoé s'était illuminé d'un rire sombre et fatal.

— Ah ! disait-elle, c'est vous ? Ah ! bien, vous êtes un homme de parole, tout de même !

— C'est bon, répondit Bibi, mais dis-moi ce qui est arrivé ; comment ça s'est-il passé ?

— Dame ! le bossu est venu...

— Avec une lettre, n'est-ce pas ?

— Oui, avec une lettre.

— C'est moi qui l'ai écrite.

— Mais non, dit Zoé, c'est le capitaine... ah ! oui, le capitaine Dagobert... un drôle de nom, tout de même.

— Fort bien, et puis ?

— Alors, il y en a une qui s'est quasiment trouvée mal.

— La blonde, n'est-ce pas?

— Non, la brune.

— Bien. Après?

— Ensuite, elle est partie avec le bossu.

— La blonde?

— Non, la brune.

— Tu es folle, dit Bibi. C'est la blonde qui est partie et qui n'est pas rentrée...

— Mais non, monsieur, c'est la brune.

Bibi jeta un cri.

— Es-tu folle? répéta-t-il.

— Mais, monsieur, je vous dis, répéta Zoé, que c'est la brune, mamzelle Aurore, comme le bossu l'appelle.

— Oui, c'est elle qui s'est trouvée mal...

— Certainement.

— Mais c'est la blonde...

— C'est la blonde qui est restée, tandis que l'autre est allée avec le bossu. A preuve monsieur Bibi, que c'est elle qu'on appelle Jeanne... et qu'elle a crié et pleuré toute la nuit...

Bibi était devenu pâle, et ses lèvres crispées témoignaient d'une violente émotion.

Tout à coup, il repoussa Zoé.

— Tu es folle! dit-il pour la troisième fois.

— Et pourquoi ça, monsieur Bibi ?

— Tu dis que c'est la brune...

— Oui.

— Qui est partie avec le bossu ?

— Sans doute.

— Et qui n'est pas rentrée...?

— Pas plus que le bossu. Et je crois qu'on va les guillotiner, dit l'enfant avec une atroce naïveté, pas vrai, monsieur Bibi ?

Mais Bibi n'écoutait plus.

Il avait jeté à la hâte sa robe de chambre qui l'enveloppait, il s'était rué sur son habit et son chapeau, et Zoé stupéfaite le vit s'élancer vers la porte.

— Monsieur Bibi, dit-elle

— Va-t'en au diable !

Zoé n'était pas encore revenue de son étourdissement que M. Bibi était loin, la laissant dans son logement.

Bibi courait comme un fou.

Il avait dégringolé les escaliers, enfilé l'allée sombre de la maison, ouvert la porte, et il s'était élancé dans la rue.

— C'est pourtant bien la blonde qu'il aimait, murmurait-il. Vraiment, je ne comprends rien à cela...

Puis il s'arrêta et murmura d'une voix affolée :

— Ah ! si, je comprends une chose, c'est qu'on va guillotiner la fille de mon ami Paul.

Et Bibi reprit sa course vers la rivière, atteignit le pont Neuf et le quai des Orfévres, et, cette fois, ne prit aucune précaution pour entrer dans la maison mystérieuse où nous l'avons vu pénétrer déjà.

Bibi ne songeait plus qu'il pouvait être reconnu.

Il monta l'escalier quatre à quatre, arriva à la porte du troisième étage et l'ouvrit; puis, oubliant de la refermer, il s'élança dans le corridor au bout duquel se trouvait le bureau du citoyen Paul.

Mais le bureau était vide.

Alors Bibi s'aperçut qu'il était une heure fabuleusement matinale, et que le citoyen Paul, qui logeait en ville, n'arriverait pas avant six heures.

Or, en dépit de l'amitié qui unissait ces deux hommes, Bibi ne savait pas où demeurait le citoyen Paul.

Il monta au corps de garde des agents.

La première personne qui vint à sa rencontre fut l'agent de police Brunet, celui-là même qui avait arrêté Aurore et le bossu.

Bibi était bouleversé. Cependant l'instinct du danger qu'il courait en mettant un homme dans la confidence de l'épouvantable quiproquo, lui donna la force de se raidir et de demander à Brunet d'un ton presque indifférent :

— Tu sais où demeure le citoyen Paul? Va le chercher... Affaire urgente! Il faut que je le voie à l'instant même.

— Mais, citoyen, répondit Brunet, je ne sais pas où demeure le patron et personne ne le sait ici.

— Est-ce possible?

— C'est la vérité pure. Mais il sera ici à six heures précises. Oh! il est exact.

Bibi sentait ses jambes fléchir sous lui.

Tout à coup il eut un espoir insensé, l'espoir que Zoé s'était trompée, et, faisant un effort suprême, refoulant au plus profond de son cœur l'émotion qui le serrait à la gorge.

— Tout s'est-il bien passé cette nuit? dit-il.

— Ah! dit Brunet, excusez-moi, patron, de ne vous avoir pas encore fait mon rapport. Mais tout a marché comme sur des roulettes.

— Vous avez arrêté la petite?

— Pauvre petite, dit Brunet, et quelle jolie fille! une brune superbe!

— Une brune! répéta Bibi comme un écho.

Il n'y avait plus à en douter; c'était bien Aurore, la fille du citoyen Paul, qu'on avait arrêtée.

Et Brunet continua :

— Elle n'a pas fait la moindre résistance. Ce sont de fières femmes, ces aristocrates! Nous l'avons conduite à l'Abbaye.

En même temps, comme vous m'aviez dit que c'était pressé, j'ai fait tenir à l'accusateur public la note du citoyen X...

— Ah! fit Bibi consterné.

— Elle va passer au tribunal ce matin.

Brunet regarda la pendule qui était dans un coin du corps de garde.

— La *fournée* est en route, à cette heure, dit-il. Et vous savez si c'est bientôt fait. C'est égal, c'est une jolie fille !

Mais Bibi n'écoutait plus Brunet.

Il s'était élancé hors du corps de garde et descendait l'escalier quatre à quatre, ce qui arracha à Brunet cette exclamation :

— Je crois bien que le patron a un grain, aujourd'hui !

Bibi se mit à courir sur le quai des Orfèvres, bousculant les passants et ne sachant où il allait.

Tout à coup il se heurta à un homme qui marchait lentement, le front penché et comme en proie à une méditation profonde.

— Imbécile! dit cet homme en levant la tête.

Bibi jeta un cri.

L'homme qu'il venait de heurter, c'était le citoyen Paul.

— Ah! mon ami! exclama Bibi en se jetant à son cou.

Le citoyen Paul était pâle et marchait comme courbé sous le poids d'un remords.

La vue de Bibi hors de lui, les vêtements en désordre, le ramena au sentiment de la réalité.

Et l'homme de police reparut, calme, froid, hautain.

— Qu'est-ce qu'il y a donc? demanda-t-il.

— Il y a, dit Bibi d'une voix altérée et entrecoupée de sanglots, il y a que je suis un misérable, un butor, un imbécile?

— Toi!

— Il y a que je me suis trompé... il faut que tu la sauves, mon ami, il le faut!

— Que je la sauve! qui? Jeanne? dit le citoyen Paul qui devint livide.

— Non... Aurore... ta fille !...

— Ma fille?

Et le citoyen Paul fit un pas en arrière, comme s'il eût reçu en pleine poitrine le choc d'une machine électrique.

— Ma fille ! répéta-t-il avec un accent égaré, tu veux que je sauve ma fille !...

— Oui. C'est elle qu'on a arrêtée... et il n'y a pas une minute à perdre... car ce matin même...

Bibi n'acheva pas.

Le citoyen Paul s'était lourdement affaissé sur le sol.

On eût dit que la foudre était tombée sur lui.

Bibi essaya de le relever. Mais le malheureux ne donnait plus signe de vie.

Les passants étaient rares sur le quai; néanmoins trois ou quatre personnes accoururent; puis d'autres qui traversaient le quai s'arrêtèrent, et en quelques minutes il se fit un rassemblement autour de cet homme que l'on croyait mort et qui gisait inanimé sur le sol.

Bibi s'arrachait les cheveux et prononçait des mots sans suite.

Un médecin qui passait se fit jour à travers la foule, regarda le citoyen Paul et dit :

— Cet homme n'est pas mort, mais il a un coup de sang.

Et il se mit à le saigner.

En ce moment, une main s'appuya sur l'épaule de Bibi.

Celui-ci se retourna et vit un bourgeois de la rue du Petit-Carreau.

— Qu'est-ce que vous faites donc là? demanda-t-il.

Bibi balbutia.

Cet homme le prit par le bras, l'entraîna hors du groupe et lui dit :

— Monsieur Bibi, l'homme à qui vous donnez vos soins est le chef de la police de sûreté.

— Je ne le connais pas, dit Bibi; je ne vais pas là, moi.

— Farceur! dit le bourgeois.

Ce fut pour Bibi un nouveau coup de foudre. Il se

vit découvert, signalé comme un agent de police, chassé de son quartier...

Il oublia son amitié pour le citoyen Paul, il oublia Aurore qu'on allait guillotiner et, la peur le prenant, il s'enfuit à toutes jambes.

XXIX

Suivons maintenant Aurore, à partir du moment où nous avons vu le faux capitaine Dagobert la mettre dans le fiacre et indiquer l'Abbaye comme destination au cocher.

De toutes les prisons de Paris qui, alors, regorgeaient de monde, la plus fameuse, la plus achalandée, qu'on nous permette ce mot, c'était l'Abbaye.

L'abbaye était la prison des aristocrates par excellence, et il fallait être comte ou baron, ou pour le moins abbé mitré, pour y être enfermé.

Les prisonniers y vivaient en commun.

Dans les cours, dans les corridors, dans le préau, on se fût cru à Versailles; car, chose bizarre! dans cette prison, d'où on ne sortait que pour aller à la

mort, on riait, on chantait, on parlait le langage
fleuri de Trianon et de Marly.

Chaque matin, le guichetier et un greffier se mon-
traient à l'entrée du préau.

Le greffier tirait une liste de sa poche et la lisait.

Les prisonniers écoutaient dans le plus grand silence.

A l'appel de son nom, chacun de ceux qui étaient
sur la liste se levait, faisait un geste d'adieu à ses camarades d'infortune et allait se ranger dans le fond
du préau.

Le dernier nom appelé, ces malheureux, sans
pousser un cri, sans verser une larme, la plupart souriants comme en un jour de fête, suivaient le greffier
et le geôlier, et savaient qu'ils ne reviendraient plus.

Une grande voiture les attendait à la porte pour les
conduire au tribunal, d'où ils sortiraient pour aller
directement à l'échafaud.

Cette lugubre cérémonie jetait bien un peu de froid
et de tristesse parmi les hôtes de l'Abbaye. Mais,
quand les malheureux étaient partis, ceux qui res-
taient savaient qu'ils en avaient encore pour un jour
et pour une nuit, et la gaieté française reprenait tous
ses droits.

Le grand préau était un véritable salon où il fallait,
pour ainsi dire, être présenté.

On s'y donnait ses titres et ses qualités, on y parlait

du roi et des princes, comme si l'un ne fût pas mort et les autres passés à l'étranger.

Puis on y jouait, et à défaut de cartes et d'échecs, on avait inventé un singulier jeu.

On jouait à la guillotine.

La cérémonie de la guillotine était précédée de celle du tribunal.

Trois prisonniers tirés au sort figuraient les juges, un quatrième avait le rôle d'accusateur public, un cinquième remplissait les fonctions d'avocat.

On amenait les coupables, on les jugeait, et naturellement on les condamnait.

Alors on passait à la guillotine.

Un homme de bonne volonté faisait le bourreau. Un autre, de volonté encore meilleure, voulait bien se laisser guillotiner.

Celui-là montait sur une chaise, criait trois fois : *Vive le roi!* et faisait ensuite une pirouette, ni plus ni moins que si son corps eût été rejeté dans le panier.

Ce jeu-là était le plaisir du moment.

On s'y livrait toute la journée.

Néanmoins, on attendait toujours deux choses : la première, que les prisonniers amenés à l'Abbaye pendant la nuit fussent descendus et qu'on eût fait ou renouvelé connaissance avec eux.

La seconde, que le geôlier et le greffier eussent fait leur lugubre moisson quotidienne.

Alors le jeu du tribunal et de la guillotine recommençait jusqu'à l'heure du déjeuner.

Cependant, ce jour-là, à huit heures et demie du matin, les prisonniers ne s'étaient point encore livrés à leur passe-temps favori.

C'est que, ce jour-là, les choses ne s'étaient point passées comme de coutume.

A sept heures, les nouveaux venus étaient descendus au préau.

A sept heures et demie, d'ordinaire, le greffier et le geôlier arrivaient avec une terrible liste.

Or il était huit heures et demie, et on n'avait vu ni prisonniers nouveaux ni les pourvoyeurs ordinaires de la guillotine.

— Certainement, mes amis, disait la belle duchesse de B... il est arrivé quelque accident à la République.

— Vous croyez, duchesse? fit un financier, le sieur de Ronvalle.

— Dame! mon cher trésorier général, vous voyez bien que rien ne se fait aujourd'hui comme à l'ordinaire.

— Peut-être M. de Robespierre est-il mort.

— Peut-être le citoyen Brutus est-il malade.

— Rien de tout cela, mes amis, dit le vieux marquis de Limozan, c'est M. de Robespierre qui a inventé une nouvelle fête à l'Être suprême.

Et tout le monde se mit à rire.

— Après ça, reprit la duchesse, je ne suis ici que depuis quinze jours, et il est possible que ce qui arrive aujourd'hui soit arrivé déjà. Quel est donc le prisonnier le plus ancien ici?

— Moi, madame.

Et on vit un grand et beau jeune homme, au front pâle, au regard mélancolique, qui vint baiser la jolie main de la duchesse.

— Ah! c'est vous, comte!

— Oui, madame.

— Vous êtes le plus ancien de nous tous?

— Le plus ancien.

— C'est-à-dire que vous avez vu partir pour le grand voyage tous ceux qui se trouvaient ici quand vous êtes venu, mon cher comte?

— Tous, duchesse.

Et le jeune homme eut un triste sourire.

— Depuis quand donc êtes-vous ici

— Depuis six semaines.

— En vérité!

— C'est un joli bail, n'est-ce pas?

— On vous aura oublié...

— C'est possible.

— Mon cher comte, dit le financier, je vous aime trop pour vous laisser des illusions: votre tour est proche...

— Qui sait? dit le jeune homme.

— Ce Lucien, exclama un officier des gardes françaises, le vicomte de Rumilly, il ne doute de rien, ma parole d'honneur.

— Mon cher ami, répondit le comte, quand on ne demande pas à mourir, on meurt; quand on ne se soucie pas de vivre, on vit.

— Ah ! la bonne plaisanterie !

— J'ai commencé, en venant ici, par croire que je n'y resterais pas huit jours; puis les semaines se sont écoulées, et, vous le voyez, j'y suis encore.

— Alors, vous pensez qu'on vous a oublié?

— Non, mais je commence à croire qu'on m'a tenu parole.

— Qui ça?

— Les gens qui m'ont promis de me sauver.

— Messieurs, s'écria la duchesse avec un éclat de rire, c'est une indignité, convenez-en...

— Quoi donc, madame?

— Jusqu'à présent nous avions tenu M. le comte Lucien des Mazures pour un parfait gentilhomme, pour un royaliste fidèle...

— Eh bien, madame?

— Et voici qu'il nous avoue qu'on lui a promis de le sauver.

— Cela est vrai, madame.

— Ce qui veut dire que M. le comte des Mazures a des intelligences avec la République. Fi! quel horreur !

— Madame, répondit Lucien, si vous daignez me permettre de me justifier de votre accusation, vous verrez combien elle est peu fondée.

— Oh ! par exemple !

— En effet, continua Lucien des Mazures, car c'était bien lui que nous retrouvons à l'Abbaye ; en effet, j'ai dit qu'on m'avait promis de me sauver.

— Ah ! vous en convenez ?

— Mais je n'ai pas dit que ce fussent des gens de la République.

Le financier et le marquis hochèrent la tête.

— Pauvre ami, dit le marquis, nous aussi nous avions des amis qui nous avaient promis...

— Je n'ai point dit que c'étaient des amis, interrompit Lucien.

— Alors ce sont des ennemis, par conséquent des gens de la République ?

— Non, madame.

— Messieurs, dit la duchesse, M. des Mazures ne veut plus de notre petit jeu habituel, et il le veut remplacer par des charades.

— Pas davantage, madame.

— Voyons, mon bon ami, reprit le garde française, il faudrait nous entendre.

— Je ne demande pas mieux, dit Lucien.

— Tes prétendus sauveurs ne sont pas des amis ?

— Non.

— Ni des ennemis?

— Ni des ennemis, répéta Lucien.

— Que sont-ils, donc ?

— Ce sont des commerçants.

— Plaît-il ?

— Qu'est-ce que ce mot?

— Le comte est toqué! exclama-t-on.

— Nullement, mesdames et messieurs, je suis protégé par une société commerciale dont le but est bien simple.

— Quel est ce but?

— Arracher les intéressés à la guillotine.

Et comme on riait de plus belle, le comte ajouta gaiement :

— J'en ai trop dit déjà pour ne point aller jusqu'au bout. Si vous voulez me le permettre, je vous conterai cette petite histoire dans tous ses détails.

— Parlez! parlez! dirent vingt voix différentes.

Et l'on se groupa autour du comte Lucien des Mazures avec un empressement plein de curiosité.

La duchesse elle-même, malgré sa légèreté ordinaire, promettait d'être attentive.

XXX

Lucien s'était assis sur la chaise qui, d'ordinaire figurait l'échafaud.

— Je vous demande deux choses avant de commencer, dit-il à son auditoire : d'abord, la permission de parler bas; ensuite, le secret sur ce que je vais vous dire, pour le cas où quelqu'un de vous aurait le bonheur de sortir d'ici et d'être rendu à la liberté.

— Convenu, dit le vieux marquis de Limozan, je donne ma parole pour tout le monde.

Alors Lucien commença :

— C'était le soir de la mort du roi; vous savez que je faisais partie des chevaliers du poignard, qui avaient essayé de le délivrer la veille.

Presque tous nos affiliés avaient jugé prudent de quitter Paris; moi, j'étais resté.

Un coiffeur, Orléanais de naissance, m'avait donné asile dans sa boutique, et, déguisé en garçon perruquier, les ciseaux et le rasoir à la main, je faisais la barbe aux patriotes depuis le matin et me moquais de la République.

Le soir, un autre garçon de mon patron me dit :

— On va fermer la boutique. Allons-nous faire un tour au Palais-Égalité et boire un coup ?

Je n'eus garde de refuser.

Le garçon, qui s'appelait Antoine, me conduisit au café des Bons-Enfants, dont une porte donnait sur la rue de ce nom, et l'autre sur le jardin du palais, grâce à un passage en planches établi au-dessus de la rue ci-devant de Valois, et qui s'appelle aujourd'hui je ne sais comment.

Le café était un tripot.

La République veut que les patriotes s'amusent, et elle permet de jouer cher, quand on a de l'argent.

Un billard, qui se trouvait au milieu de l'établissement, avait été converti en table de pharaon, et c'était le maître du café qui tenait la banque.

Il y avait une foule compacte alentour.

Les assignats n'étaient point reçus sur le tapis, et on n'y voyait que de l'or.

Parmi les joueurs, dont la plupart étaient des gens vulgaires, je remarquai un jeune homme de trente ans environ, mis avec une certaine élégance et revêtu d'un habit gris.

Il jouait fiévreusement et comme avec fureur.

Quand il jeta sa dernière pièce d'or sur le tapis, il eut une contraction nerveuse par tout le visage, et ses lèvres se frangèrent d'une légère écume blanche.

14

Il perdit.

Alors je le vis quitter la table en poussant un profond soupir.

Puis il sortit brusquement.

Je ne sais si ce fut une inspiration ou une simple curiosité qui me poussa, mais tandis que mon camarade Antoine risquait timidement un écu de six francs et ne s'occupait plus de moi, je suivis mon homme à l'habit gris :

Je le retrouvai à la porte du café.

Il s'était assis sur un banc, la tête dans ses mains, et il me sembla qu'il pleurait.

Je lui touchai légèrement l'épaule.

— Hé ! citoyen ? lui dis-je.

Il leva la tête et me regarda d'un air égaré :

— Que me voulez-vous ? dit-il, je ne vous connais pas.

— Moi non plus, répondis-je. Mais je vous ai vu jouer, je vous ai vu perdre, et il me semble que vous vous abandonnez à un véritable désespoir.

— Cela est vrai, me dit-il d'une voix sourde.

— Je ne suis qu'un pauvre perruquier, répondis-je, mais j'ai touché ma paye de la semaine, et si je pouvais vous prêter quelque argent...

A ces mots, ses yeux s'emflammèrent au travers de ses larmes.

— De l'argent! me dit-il; vous me prêteriez de l'argent?

— Pourquoi pas?

Et je lui mis deux louis dans la main.

Il jeta un cri qui ressemblait plutôt à un hurlement de bête fauve qu'à une exclamation humaine, serra les deux louis dans sa main crispée, et rentra dans le café d'un seul bond.

Je le suivis de nouveau.

Je puis assister alors à un de ces revirements étranges de la fortune aveugle qui tiennent du prodige : il jeta ses deux louis sur le tapis et gagna une fois, deux fois, vingt fois, cent fois.

Au bout d'un quart d'heure, il avait un monceau d'or devant lui.

Je ne l'avais pas quitté, et je me disais : Il va tout reperdre.

Je me trompais. Tout à coup il prit son chapeau, le posa de niveau avec le tapis, se fit un râteau de son bras et poussa dans le chapeau son gain, qui l'emplit jusqu'au bord.

Ce fut un tonnerre d'applaudissements.

Mais mon homme n'y fit pas attention, et, me prenant par le bras, il m'entraîna hors de la salle.

— Venez, venez, me dit-il, nous allons partager.

— Nullement, lui dis-je, rendez-moi mes deux louis, c'est tout ce que je vous demande.

— Comme vous voudrez, répondit-il, mais vous allez venir souper avec moi.

Il y avait une telle agitation dans ses gestes, dans sa voix, dans toute sa personne, que la curiosité me poussa à accepter son invitation.

Antoine, tout entier à la partie engagée, ne s'était pas même aperçu que j'étais sorti.

Mon nouvel ami me conduisit au café, et nous nous installâmes dans un cabinet.

En attendant qu'on nous servît, il se mit à compter son argent.

Il avait gagné douze mille livres.

— Ah ! me dit-il avec un rire nerveux, c'est deux fois l'argent dont j'avais besoin.

Puis, me considérant avec plus d'attention :

— J'ai peine à croire que vous soyez un garçon perruquier, me dit-il, et si vous maniez le rasoir, c'est pour échapper à celui de la République. Mais ne craignez rien ; vous venez de me sauver la vie et je ne vous trahirai pas. D'ailleurs, ajouta-t-il, moi aussi je suis un aristocrate, et maintenant je me moque du rasoir national ; j'ai deux fois le prix de ma rançon.

Ces paroles incohérentes me donnèrent à penser que j'étais en présence d'un fou.

Sans doute il devina ce qui se passait en moi, car il me dit aussitôt :

— Je ne suis pas fou, monsieur, et, si vous voulez

m'écouter, vous vous en convaincrez aisément. Je suis le marquis de Beaumaine, et mon père était président à mortier. J'ai peur de la mort, je ne m'en cache pas, et j'ai été pris d'une terreur folle tout à l'heure, quand j'ai vu que j'avais perdu ma dernière pièce d'or.

— Vous vous seriez donc tué ?

— Non, monsieur, mais j'aurais été guillotiné au premier jour.

— Mais, monsieur, lui dis-je, ce n'est pas parce que vous avez de l'argent que la guillotine vous épargnera.

— Vous vous trompez, me dit-il, j'ai de quoi payer mon *assurance* à présent.

J'étais véritablement stupéfait. Il s'en aperçut et continua.

— Monsieur, au nom du ciel, je vous supplie de me dire si vous êtes un aristocrate et si vous redoutez le moins du monde d'être guillotiné quelque jour ?

— Qu'est-ce que cela peut vous faire ? lui dis-je.

— Comment ! s'écria-t-il, je vous dois la vie et vous me refuseriez la joie de sauver la vôtre !

— En vérité, monsieur, je ne vous comprends pas.

— Eh bien ! reprit-il, écoutez-moi, et vous me comprendrez, monsieur.

Puis, quand l'officieux qui nous apportait une volaille froide et du bordeaux fut parti, et reprit :

— Il s'est formé à Paris une mystérieuse association qui n'a d'autre but que de protéger ses membres contre l'échafaud, l'ennemi commun.

— Allons donc ! fis-je d'un air incrédule.

— Quiconque en fait partie, quiconque verse dans les mains du trésorier une somme de six mille livres, peut vivre tranquille et sans souci. Il peut être arrêté, jugé, condamné, conduit à l'échafaud, mais il ne sera pas guillotiné.

Pour la seconde fois, je crus avoir affaire à un fou.

— Vous ne me croyez pas, me dit-il, et cependant je vous jure que je dis la vérité.

— Oh ! fis-je d'un air de doute.

— Je puis même vous le prouver.

— Comment cela?

— En vous faisant assister à une séance *des masques rouges*.

— Vous dites?...

— Les masques rouges. C'est le nom que prennent les affiliés, attendu qu'ils portent un masque de cette couleur.

— Et où se tiennent ces séances ?

— Tantôt ici, tantôt là ; jamais dans le même endroit. Il y en aura une ce soir.

— Où cela?

— Venez, vous le saurez. Je vais payer mon assurance, car le délai qu'on m'avait accordé expirait aujourd'hui, et si je n'avais pu payer on m'aurait abandonné.

— Ma foi! dit le comte Lucien des Mazures qui s'était arrêté un moment pour reprendre haleine; la curiosité triompha de mes répugnances, et je consentis à suivre de nouveau l'homme à l'habit gris.

Nous achevâmes de souper; puis nous quittâmes le Palais-Egalité, et il m'emmena dans un fouillis de petites rues qu'on appelle la butte Saint-Roch.

— La butte Roch; il n'y a plus de saints, rectifia la jolie duchesse.

— Soit, madame. Une de ces rues a un joli nom : elle s'appelle rue des Moineaux.

Ce fut là que nous allâmes.

Mon guide frappa à la porte d'une maison noire, haute, silencieuse, et qui paraissait inhabitée.

La porte s'ouvrit et une allée ténébreuse s'offrit à nous.

— Donnez-moi la main, fit le marquis de Beaumaine.

Puis il m'entraîna dans les ténèbres.

Au bout de l'allée nous trouvâmes une autre porte.

Le marquis frappa encore.

Alors un guichet s'ouvrit et un rayon de lumière nous frappa au visage.

— Qui demandez-vous? dit une voix.

— *C'est jour de paye*, répondit le marquis.

— Qu'elle somme apportez-vous?

— Six mille livres.

— Attendez, je vais vous ouvrir.

Et le guichet se referma et nous nous retrouvâmes dans l'obscurité.

XXXI

— Ma foi, mesdames et messieurs, s'écria le vieux marquis de Limozan, je ne crois pas un mot du récit de notre ami le comte des Mazures; mais je dois vous dire qu'il est tout aussi amusant qu'un des contes des *Mille et une Nuits,* de ce bon M. Galland, que j'ai connu dans mon extrême jeunesse.

— Marquis, répondit Lucien, si vous ne croyez pas à mon récit, pour Dieu! n'en dégoûtez pas les autres!

Et Lucien continua :

— Nous nous trouvâmes donc dans l'obscurité, et cela dura quelques secondes. Puis nous entendîmes un bruit de clés et de verrous, et la porte au guichet s'ouvrit toute grande, en même temps qu'une vive clarté nous frappait au visage.

Nous nous trouvions au seuil d'un corridor voûté

qui paraissait s'enfoncer peu à peu sous la terre, en suivant une pente assez rapide.

À gauche, au delà de la porte, était une sorte de guichet comme on en voit à la porte des théâtres.

La même voix qui avait déjà parlé dit :

— Quel est votre numéro ?

— Cent neuf, répondit le marquis.

Le bruit d'un registre qu'on feuilletait surprit mon oreille. Puis, au bout de quelques secondes, la voix reprit :

— C'est bien, vous devez six mille livres.

— Je les apporte.

— Il n'est que temps.

Le marquis tressaillit. La voix continua :

— On devait vous arrêter demain ; mais puisque vous vous acquittez vous pouvez être tranquille.

Tout à coup j'entendis comme une exclamation derrière le guichet ; puis je vis un homme masqué qui se montra tout contre le grillage.

— Comment ! dit-il vous n'êtes pas seul ?

— J'amène un ami qui veut être de la société.

— Ah !

— Voici six mille livres pour lui.

— Mais votre ami a-t-il des raisons sérieuses de faire partie de notre association ?

Je vis une expression d'anxiété sur le visage de l'homme à l'habit gris.

15

Il ne savait pas mon nom.

Aussi me hâtai-je de dire :

— Lucien, ci-devant comte des Mazures, a fait partie des chevaliers du poignard.

— Monsieur, me fut-il répondu, avez-vous une pièce sur vous qui puisse faire foi de ce que vous avancez?

J'avais au cou un médaillon qui renfermait le portrait de mon père, et sur le dos duquel étaient gravées les armes de notre famille.

Je le lui tendis à travers le guichet.

Cet homme était sans doute très au courant du blason, car il me rendit mon médaillon en me disant :

— Plus que tout autre, monsieur, vous avez besoin de nous.

Pendant ce temps le marquis de Beaumaine alignait des piles de pièces d'or sur la plaque de cuivre du guichet.

L'homme masqué les prit l'une après l'autre et les compta.

— C'est bien cela, dit-il.

Puis s'adressant à moi :

— Je vais vous inscrire, me dit-il.

La plume grinça sur le papier du registre, et quand il eut fini il lut à demi voix :

Le comte Lucien des Mazures a versé six mille livres aujoud'hui 21 janvier, à minuit moins un quart. Nous répondons de sa tête pendant la présente année.

Après quoi, il me tendit un masque de velours écarlate en tout semblable au sien.

— Vous pouvez passer, me dit-il.

— A quoi bon ce masque? demandai-je.

— Moi, je sais votre nom, me répondit-il, mais aucun de nos associés ne doit le savoir que le jour où vous serez en péril.

— Ah !

— Nous ne nous connaissons pas les uns les autres, et je vais vous en dire la raison. Nous avons des opinions diverses. Beaucoup d'entre nous sont royalistes, d'autres sont *modérés*, d'autres encore *montagnards ardents*.

— Quoi ! m'écriai-je il y a des républicains parmi vous?

— Sans doute ; il nous sont même très-utiles. Nous ne sommes point une société politique, mais une association d'assistance mutuelle contre l'échafaud, qui est, en ce moment, l'ennemi commun. Si nous avions eu une couleur politique, nous eussions sauvé le roi.

— Venez, comte, venez, me dit le marquis, la séance ocest mmencée.

Je posai le masque rouge sur mon visage et je me laissai entraîner par mon nouvel ami.

Le corridor dans lequel nous étions, et qui était éclairé de distance en distance par des lampes suspendues à la voûte, aboutissait à une autre porte.

Le marquis frappa trois coups.

La porte s'ouvrit et nous nous trouvâmes alors au seuil d'une vaste salle souterraine qui devait être une cave en temps ordinaire.

Une centaine de personnes diversement vêtues, mais uniformément masqués de rouge, s'y trouvaient réunies et observaient un profond silence.

Un objet dont je ne m'étais pas bien rendu compte tout d'abord occupait le fond de la salle.

C'était un échafaud.

Les montants, le couperet, le panier d'osier, rien n'y manquait.

Cette hideuse machine était placée là comme un symbole.

Au-dessous était le bureau du président.

Un homme également masqué, et, en outre, revêtu d'une grande robe rouge, y était assis.

— Monsieur le secrétaire, disait-il, veuillez nous lire le procès-verbal de la dernière séance.

Le secrétaire, qui occupait une petite table sous le le bureau, se leva et dit :

— Monsieur le président, avant de lire le procès-verbal, je crois qu'il y a des mesures d'urgence à prendre.

— Ah ! avons-nous quelqu'un de nos membres en danger?

— Oui, monsieur le président, il y en a deux

— Quels sont-ils?

— Le numéro 109 et le numéro 75.

Le président ouvrit un registre qu'il avait auprès de lui et le feuilleta.

— Le numéro 109 n'a pas encore payé sa cotisation, dit-il.

— Pardon, répondit une voix au fond de la salle.

C'était l'homme du guichet qui venait d'entrer.

— Quand a-t-il payé?

— Il y a dix minutes.

— C'est bien, dit encore le président. Le numéro 109 est-il arrêté?

— Pas encore.

— Est-il ici?

— Oui, dit le marquis de Beaumaine sous son masque.

— Vous aurez un passe-port en sortant d'ici, dit le président, et on vous conduira jusqu'à la frontière.

Puis il reprit le registre et le feuilleta de nouveau :

— Le numéro 75, dit-il, n'a pas payé non plus.

— Cela est vrai, dit l'homme du guichet. Il demande huit jours.

— On le sauvera quand il aura payé.

— Mais il est en prison.

— Tant pis !

— Et il peut être guillotiné demain...

— C'est un malheur, mais nous ne sauvons que les gens qui payent.

Et le président prononça d'une voix émue, mais ferme, l'ordre du jour.

Ici, Lucien des Mazures fut encore interrompu.

On se recriait, on disait qu'il se moquait de son auditoire, et la duchesse de L... lui dit :

— Mon cher comte, permettez-moi une question.

— Faites, madame.

— Avez-vous eu connaissance que quelqu'un ait été sauvé ?

— Oui, madame.

— Qui donc ?

— Le marquis de Beaumaine.

— Ah! ah!

— Au moment où nous quittions la salle mystérieuse, continua Lucien, le marquis se sentit frapper sur l'épaule.

Deux hommes le prirent sous le bras, l'entraînèrent vers une voiture qui stationnait au coin de la rue des Moineaux et l'y firent monter.

— Bon! Qu'est-ce que cela prouve ?

— Huit jours après, chez le coiffeur qui me donnait asile, je reçus une lettre de Coblentz. Elle était du marquis.

— Ceci est plus sérieux. Eh bien! continuez, mon cher comte...

Iais comme Lucien s'apprêtait à reprendre son récit, sa porte de prison s'ouvrit.

Un frisson courut parmi les assistants et la duchesse dit :

— Voilà le greffier et sa première liste.

La duchesse se trompait.

C'était le geôlier qui entrait amenant un nouveau prisonnier, ou plutôt une prisonnière.

Quand elle parut, ce fut un cri d'admiration tant elle était belle.

Un cri auquel répondit un autre cri...

Cri d'épouvante et de douleur poussé par le comte Lucien des Mazures.

Dans cette femme qui entrait calme et souriante, dans cette jeune fille éblouissante de jeunesse et de beauté, et qui avait aux lèvres un fin sourire, il avait reconnu sa cousine, la comtesse Aurore.

Aurore entendit ce cri ; elle salua, puis marcha droit à Lucien et lui dit :

— Bonjour, mon cousin. Au seuil de la mort, voulez-vous oublier nos querelles de famille et me donner la main ?

XXXII

Aurore, que les prisonniers de l'Abbaye voyaient pour la première fois, était pourtant arrivée pendant la nuit. Mais il était de règle, dans le service administratif de la prison, que les prisonniers arrivés la nuit ne passassent au greffe, où les formalités d'écrou étaient remplies, que le lendemain matin.

Quand ils entraient, on les conduisait dans une chambre où on les enfermait.

Puis, le lendemain matin, on venait les chercher à six heures et demie et on les conduisait au greffe, d'où ils passaient ensuite dans le préau et faisaient connaissance avec leurs compagnons d'infortune.

Aurore avait donc subi la loi commune.

En entrant à l'Abbaye, elle avait été séparée de Benoît, qui continuait à crier et à se lamenter, et elle lui avait dit en le quittant :

— Pauvre Benoît, rassure-toi. Tu es un enfant du peuple, toi, on ne te guillotinera pas.

Enfermée toute seule dans une chambre, Aurore avait passé une partie de la nuit en prières.

Elle avait prié pour sa sœur, pour Benoît, pour...
Dagobert.

Et puis, elle s'était endormie, le sourire aux lèvres,
l'âme en repos, comme il convient aux martyrs.

Il avait fallu la réveiller pour la conduire au greffe.

Là, elle avait retrouvé Benoît.

Benoît continuait à pleurer et à se lamenter, non
pour lui, le brave garçon, mais pour mademoiselle
Aurore, dont, disait-il, il avai involontairement causé
l'arrestation.

Aurore essaya de le consoler, et ce fut avec un élan
de joie qu'elle entendit le greffier donner l'ordre d'é-
largir le bossu.

Mais Benoît protesta.

Il voulait rester avec mademoiselle Aurore, disait-il;
il voulait être guillotiné comme elle.

Les guichetiers l'emportèrent et le jetèrent dehors.

Pendant ce temps, Aurore répondait fièrement aux
questions qui lui étaient faites.

Elle ne cacha pas son nom, elle témoigna hautement de son attachement au roi et de sa haine pour la
République.

Le greffier l'inscrivit sur son livre et dit à mi-voix :

— Elle n'attendra pas longtemps.

— Trois ou quatre jours, murmura un commis.

— Ou trois ou quatre heures, dit le greffier d'un
ton mystérieux.

Aurore était donc entrée dans la prison, et son apparition avait excité l'admiration universelle. Comme elle était de province, personne ne la connaissait parmi les illustres prisonniers, mais il suffisait que le comte des Mazures l'eût appelée sa cousine pour qu'on lui fît fête.

— Chère belle, dit la duchesse de L..., permettez-moi donc de vous embrasser, vous êtes jolie à croquer.

— Belle mademoiselle, disait en même temps le vieux marquis de Limozan, vous me rappelez trait pour trait la marquise de Pompadour.

— Comtesse, reprit le financier de Rouville, si le hasard voulait que nous sortissions d'ici et que la République me rendît les trente millions qu'elle m'a volés, je les mettrais avec enthousiasme à vos pieds.

— Ainsi que son cœur, dit en riant le vicomte de Rumilly.

— Trop tard, dit Aurore en souriant, je suis engagée !

Et elle reprit le bras de son cousin Lucien.

— Vous me permettez, n'est-ce pas, dit-elle, de régler avec le chef de ma maison quelques petites affaires de famille ?

Puis elle l'entraîna à l'écart dans un coin du préau.

— Mon cher Lucien, lui dit-elle, nous n'avons pas d'illusions à nous faire sur le sort qui nous attend...,

— Aurore! Aurore! disait Lucien, vous si belle, si jeune...

— Moi comme les autres, mon ami. Mais il ne s'agit pas de nous, il s'agit de... Jeanne...

A ce nom, Lucien sentit tout son sang affluer à son cœur et il devint d'une pâleur mortelle.

— Vous l'aimez toujours, je le vois, reprit Aurore, et elle aussi, elle vous aime... Le malheur, mon ami, nous a rapprochés... Nos pères avaient creusé un abîme entre nous, mais nos pères sont morts... Lucien, si vous sortez d'ici, si, par un miracle, vous êtes rendu à la liberté, cherchez Jeanne, vous la trouverez chez une blanchisseuse du nom de Bargevin, dans la rue du Petit-Carreau.

— Elle est à Paris?

— Oui, mon ami.

— Et libre?

— Elle l'était encore hier.

— O mon Dieu! fit Lucien défaillant.

— Lucien, dit gravement Aurore, au nom de Gretchen, ma mère et la sienne, je pardonne à votre mère morte et je vous permets d'épouser Jeanne.

Lucien prit la main d'Aurore et la porta fiévreusement à ses lèvres.

Mais, en ce moment, la porte du préau s'ouvrit encore. Alors, rires moqueurs, dialogues animés, gestes expressifs, tout s'éteignit et fit place à un lugubre silence.

Le greffier et le geôlier venaient d'entrer.

Le greffier avait à la main sa terrible liste, et chacun se demandait si l'heure fatale n'avait point sonné.

Le greffier fit alors l'appel.

— Charlotte-Anaïs Lecoutculx, ci-devant duchesse de L... ! dit-il.

— Ah ! dit la pauvre jeune femme en pâlissant, je commençais à croire qu'on m'avait oubliée...

Mais sa faiblesse eut à peine la durée d'un éclair.

— Bah ! dit-elle, cela m'apprendra à ne pas m'*assurer* comme le pauvre comte des Mazures.

Et elle passa de l'autre côté du préau.

— Charles Limozan, ci-devant marquis, continua le greffiier.

    — Oh ! oh ! dit le vieux gentilhomme avec calme, je ne saurai jamais si les masques rouges sont une vérité.

Et il suivit la duchesse.

— Jean-Victor de Rouville, dit encore le greffier.

— Ma belle, dit le financier en envoyant du bout des doigts un baiser à Aurore, il faut que je renonce à l'honneur de mettre mes trente millions à vos pieds. La République ne me les rendra jamais, et, par-dessus le marché, elle me prend ma tête.

Le financier suivit le marquis et la duchesse,

Puis on appela d'autres noms encore.

Mais tout à coup un frisson parcourut tous les assistants.

En même temps on entendit un cri de douleur poussé par Lucien.

Le greffier venait de prononcer le nom d'Aurore.

— Pauvre enfant! dit la duchesse émue.

— Elle n'aura pas eu le temps de s'ennuyer ici, dit le marquis.

Lucien s'était mis à fondre en larmes.

— Et moi? s'écria-t-il, et moi?

— Vous n'y êtes pas, dit le greffier.

— Mais cela est donc vrai! s'écria la duchesse, cela est donc vrai, tout ce que vous nous avez raconté, comte?

Lucien s'était précipité sur Aurore et lui baisait les mains avec transport.

— Je veux mourir avec vous! disait-il, je veux mourir.

La porte du préau s'ouvrit alors une fois encore, et le directeur de la prison entra.

Déjà les autres prisonniers respiraient; déjà ceux qui n'étaient point sur la liste se réjouissaient d'avoir encore une journée à vivre, lorsqu'on vit le directeur tendre silencieusement un papier au greffier.

Un frisson parcourut les prisonniers.

Il y avait une liste supplémentaire.

Une liste de quatre noms que lut le greffier.

Au quatrième, ce fut un coup de théâtre pour tous ceux qui avaient entendu la singulière histoire des masques rouges, car le quatrième nom c'était celui du comte Lucien des Muzures.

— Ah! comte, s'écria la duchesse qui avait retrouvé toute sa gaieté, j'en suis fâchée pour vous, mais ces gens-là sont des filous, ils vous ont volé six mille livres.

— Pauvre Jeanne! murmura Lucien, qui se jeta dans les bras d'Aurore.

. . . .

Elle n'y allait pas de main morte avec les aristocrates, cette bonne République de 93, et elle ne perdait pas son temps en formalités ridicules.

Les prisonniers désignés par la terrible liste montaient en voiture au sortir de l'Abbaye.

On les conduisait au tribunal révolutionnaire; là les choses allaient un train d'enfer. On jugeait trente personnes en une heure.

Le crime étant toujours le même, l'*incivisme*, la sentence ne variait pas et se traduisait par un mot: *la mort*.

Puis, à la porte du tribunal, stationnait la charrette que le peuple de Paris avait surnommée le *coucou obstiné*.

Les prisonniers furent donc jugés et condamnés ce

jour-là comme les autres jours, et dans l'ordre assi-
gné par la liste du greffier.

Aurore passa avant son cousin et celui-ci fut le
dernier.

Comme il traversait le prétoire, entouré de municipaux, pour monter à sa chambre, un homme lui
frappa sur l'épaule.

Lucien regarda cet homme avec étonnement. Il ne
le connaissait pas.

— Je crois que vous vous trompez, dit-il.

— Non, vous êtes le numéro 110.

Lucien tressaillit : c'était le numéro 110 qu'on lui
avait donné sur les mystérieux registres des masques
rouges.

— On vous sauvera, dit l'homme à voix basse.

— Trop tard ! murmura Lucien.

— Jamais pour nous, répondit l'inconnu.

Et il se perdit dans la foule hurlante qui entourait
la charrette des condamnés.

XXXIII

Revenons maintenant à Polyte, que nous avons vu quitter d'abord la villa de la citoyenne Antonia, venir ensuite à Paris et, muni d'une lettre du citoyen X... pour le père Bibi, se rendre rue du Petit-Carreau.

La lettre du citoyen X... lui donnait le numéro du père Bibi.

Il entra donc dans la maison, rencontra un locataire au bas de l'escalier et lui demanda à quel étage demeurait l'homme qu'il allait voir.

— Au troisième, répondit celui-ci.

Polyte monta.

Il frappa successivement aux deux portes du carré, et on ne lui répondit pas.

Alors Polyte pensa qu'il y avait peut-être un concierge et qu'on pourrait le renseigner.

Il redescendit et vit une porte ouverte dans l'allée.

C'était celle de l'arrière-boutique de la blanchisseuse.

Polyte entra, pensant que c'était la loge du concierge. Tout à coup il entendit des cris, des exclamations étouffées, des sanglots.

— Bon! se dit-il, qu'est-ce qu'il y a donc par ici, du grabuge?

Et de l'arrière-boutique, qui était déserte, il passa dans la boutique où Benoît, revenu à lui, racontait en pleurant son arrestation et celle d'Aurore.

— Nom d'une bombe! c'est le bossu! exclama Polyte.

Jeanne le reconnut et poussa un cri d'effroi.

Simon Bargevin s'avança vers lui menaçant:

— Qu'est-ce que tu veux, toi? fit-il en serrant les poings.

Mais Polyte qui, un jour qu'il était avec Coclès, avait rencontré la blanchisseuse, s'écria:

— Hé! c'est la sœur de mame Coclès! J'aurais dû me douter que les petites étaient ici.

— L'homme d'Antony! exclama Benoît.

Jeanne, éperdue, s'était réfugiée derrière Simon Bargevin.

— Vous me connaissez donc, vous! dit la blanchisseuse.

— Ah çà! s'écria Polyte, qu'est-ce qu'il y a donc ici? Pourquoi pleure-t-on? Répondras-tu, le bossu?

Et il s'avança vers Benoît.

On ne lui répondait pas; on n'avait plus même l'air de faire attention à lui.

— Mais où est donc l'*autre*? s'écria encore Polyte, faisant allusion à Aurore.

— Arrêtée, répondit Simon Bargevin, qui ne savait si Polyte était un ami ou un ennemi.

Polyte jeta un cri.

Cet homme nourrissait pour Aurore une passion violente et féroce, un amour de bête fauve.

Ce ne fut pas un cri qui s'échappa de sa poitrine, ce fut un rugissement.

Puis il prit Benoît par les épaules, le secoua et lui dit d'une voix rauque :

— Mais parle donc... parle ! où est-elle ? Est-ce que je ne suis pas là, moi, Polyte ? Mais vous ne me connaissez donc pas ? J'irais la chercher sur l'échafaud. Ah ! ah ! ah ! vous verrez, si le bourreau me la prend, il sera un fier lapin.

Et Polyte avait un rire hideux aux lèvres, tandis qu'un tremblement frénétique agitait tout son corps

Jeanne, que cet homme faisait pâlir tout à l'heure, n'entendit plus que ces mots: « Je la sauverai ! »

Et elle courut à Polyte les mains tendues :

— Vous la sauveriez, vous? disait-elle.

— Pardieu ! eh ! mais je m'appelle Polyte, moi ! et les tricoteuses me connaissent bien, allez !

En même temps, il regardait Simon Bargevin et Benoît, et il leur dit :

— Si vous êtes des hommes, vous autres, venez donc avec moi.

Et il s'élança dans la rue.

Benoît et Simon Bargevin le suivirent, tandis que Jeanne et la blanchisseuse, prises d'un vague espoir, tombaient à genoux.

Polyte était un vaurien, un chenapan, un misérable, mais Polyte était un enfant de Paris, c'est-à-dire qu'il pouvait devenir héroïque et sublime à ses heures, joindre au courage d'un lion la prudence et l'audace d'un diplomate consommé.

Comment sauverait-il Aurore ? il n'en savait rien, mais il la sauverait !

A peine ses pieds eurent-ils tonché le pavé de Paris, sur lequel il était né, que son exaltation tomba et il retrouva le sang-froid superbe qui est l'apanage du vrai faubourien, et que se tournant vers Benoît il lui dit :

— Ce n'est pas le tout de me dire que la belle brune est arrêtée; il faut me dire quand et comment, si tu veux que nous fassions de bonne besogne !

Chose bizarre ! ce même homme qui avait épouvanté Benoît quelques jours auparavant, lui inspirait maintenant confiance.

Le bossu comprenait vaguement que là où Simon et lui se heurteraient vainement à des impossibilités de tout genre, lui, le Parisien, triompherait de tous les obstacles.

Benoît avait deviné la passion bestiale de Polyte

pour Aurore, et cette passion lui semblait maintenant une ancre de salut.

Polyte regarda l'heure à l'horloge d'un marchand de vin.

— Bon ! dit-il, nous avons le temps ; jase, bossu.

Benoît lui raconta alors comment ils avaient été arrêtés la veille au soir, Aurore et lui.

— Où vous a-t-on conduits ? demanda Polyte.

— Dans une prison qui est là-bas, de l'autre côté de la Seine.

— Tu ne sais pas son nom ?

— Si, l'Abbaye.

— Diable ! fit Polyte, quand on vous mène là-bas, c'est qu'on ne flâne pas ; il y en a pour trois ou quatre jours. C'est égal, allons-y !

— Tu n'entreras pas, dit Benoît.

— Qui sait? et puis nous prendrons l'air du bureau.

Et Polyte se mit à courir si fort, que Benoît et Simon Bargevin avaient peine à le suivre.

Il atteignit ainsi la Seine, traversa le pont Neuf, gagna le quartier latin et arriva tout essoufflé dans la rue de l'Abbaye.

Là, la foule était immense.

Polyte se retourna vers ses deux compagnons :

— C'est la fournée qui va au tribunal, dit-il, mais il n'y a pas de danger qu'elle y soit.

Et il joua des coudes pour pénétrer au milieu de la foule.

La foule était compacte, et Polyte, malgré ses efforts, ne put parvenir jusqu'au deux voitures qui attendaient à la porte de l'Abbaye.

Alors il se percha sur une borne pour mieux voir.

Benoît et Simon Bargevin étaient auprès de lui.

Soudain Polyte devint affreusement pâle et jeta un cri.

Il venait de voir Aurore monter dans la voiture.

Alors, fou de colère et de douleur, le gamin de Paris se rua au beau milieu de la marée humaine et voulut se frayer un passage; mais on s'écartait vainement devant lui, le sillon un moment entr'ouvert se refermait, et les voitures étaient en route déjà, que Polyte n'avait pu arriver jusqu'à elles.

Néanmoins, la foule s'éclaircit un peu au sortir de la rue de l'Abbaye, et Polyte, jouant des jambes, put suivre les voitures, qui allaient au grand trot, jusqu'à la porte du tribunal.

Mais là, un cordon de municipaux à cheval refoulait les curieux, et Polyte ne put aller plus loin. Cependant le gamin de Paris ne perdait pas tout espoir.

Et comme les condamnés sortaient du tribunal et montaient dans la charrette qui devait les conduire au supplice, tandis que Benoît poussait un cri déchirant et tombait presque inanimé dans les bras de Simon Bargevin, Polyte s'écria :

— Je vous dis que je la sauverai !

— Il est fou ! murmura le mari de la blanchisseuse.

— Non, dit Polyte, qui prit la main de Benoît et la secoua rudement; non, je ne suis pas fou, et je vous dis que je la sauverai.

— Trop tard ! dit Benoît fondant en larmes.

— Pour vous autres, peut-être, mais pas pour moi... Venez !

Et comme il avait couru après les voitures, Polyte se mit à suivre la charrette des condamnés.

Tout à coup il se retourna encore.

— Écoutez-moi bien, dit-il.

Benoît et Simon le regardèrent avec égarement.

— Vous avez des poings et des épaules, continua Polyte ; il s'agit de ne pas rester en arrière et de vous trouver avec moi au pied de l'échafaud

— Et puis? dit Simon.

— Si vous me quittez d'un pas, je ne réponds de rien.

Poylite avait repris son sang-froid, et il était en ce moment superbe de courage te de résolution.

— Et quoi que je dise, vous direz comme moi, ajouta-t-il.

— Que veux-tu donc que nous disions? fit Simon Bargevin.

— Ce que je dirai, et si je vous prends à témoins, vous direz que je ne mens pas.

Benoît et Simon ne comprenaient pas; mais la confiance de Polyte, à cette heure suprême où Aurore marchait à la mort, avait fini par les gagner.

Alors Polyte leur dit encore :

— Il ne s'agit pas de suivre la charrette, il faut arriver avant elle !

Et il se rua au travers de la foule criant : Place ! place ! et distribuant des coups de poing à ceux qui ne se rangeaient pas assez vite.

Simon et Benoît le suivirent.

On eût dit une bande de sangliers faisant une trouée au milieu d'un fourré d'épines.

Et la charrette était loin encore que Polyte, Simon Bargevin et Benoît se trouvaient au premier rang des curieux et des tricoteuses féroces, qui attendaient au pied de l'échafaud que le lugubre et sanglant spectacle commençât.

  . . . .

XXXIV

Cependant la charrette roulait...

Elle roulait lentement, péniblement, au milieu d'une foule hurlante et compacte que des municipaux à cheval avaient peine à contenir et à écarter.

Les fenêtres des maisons étaient garnies de curieux; il y en avait de juchés jusque sur les lanternes des rues et sur l'auvent des boutiques.

Ce n'était pourtant pas un spectacle nouveau, ni même inaccoutumé.

Chaque jour et à la même heure, la charrette passait tout le long de la rue Honoré, portant à la place de la Révolution son tribut quotidien de têtes à couper.

Parmi tout ce peuple qui trépignait, dans cette foule en délire qui comblait d'injures ou poursuivait d'ignobles lazzis ceux qui allaient mourir, il y avait bien des gens dont le procédé apparent cachait une pitié profonde et que la peur menait.

Plus d'un homme coiffé du bonnet rouge, vêtu de la carmagnole et chantant la *Marseillaise* avec fureur, tenait un regard anxieux sur cette charrette dans laquelle tête nue, souriants et debout, les martyrs allaient à la mort, avec la crainte d'y apercevoir un parent, un frère, un ami.

Plus d'une femme aussi, déguisée en une de ces mégères féroces qui se vantaient d'aller tricoter leurs bas au pied de l'échafaud, était là, dans le même but.

A chaque coin de rue, la foule grossissait, comme un fleuve qui reçoit sans cesse de nouveaux affluents ; alors il fallait s'arrêter un moment.

Les municipaux poussaient leurs chevaux; mais la foule les repoussait, et il y avait toujours un moment de désordre pendant lequel le peuple franchissait le cercle étroit formé par la force armée autour de la charrette.

Puis la charrette se remettait en chemin.

Ce jour-là les femmes étaient en minorité dans le lugubre véhicule.

Il n'y avait que la duchesse de L... et Aurore.

Toutes deux s'étaient appuyées l'une sur l'autre, toutes deux étaient fières et hautaines, et comme elles étaient belles toutes deux, les femmes seules les insultaient.

Aurore et la duchesse étaient en avant de la charrette; le comte Lucien des Mazures tout à fait en arrière.

Comme le cortége s'arrêtait pour la vingtième fois

16

peut-être, au coin de la rue Saint-Roch, à l'angle de l'ex-église de ce nom, le mouvement de pression de la foule et le recul de la charrette furent si grands, que le cercle des municipaux se rompit, et qu'une vieille femme, qui portait à la main une de ces chauffrettes qui ont reçu le nom de gueux, put arriver jusqu'auprès même du hideux carrosse.

Elle était vêtue d'un châle vert, coiffée d'un bonnet à rubans, chaussée de sabots ; elle avait un visage ignoble et rouge, qui portait le double stigmate de l'ivrognerie et de la débauche : elle chantait la *Marseillaise* à tue-tête, et quand, le cercle des municipaux se reformant, on voulut lui faire quitter la place qu'elle avait usurpée, elle injuria les municipaux et les traita d'aristocrates.

— De quoi ! de quoi ! disait-elle, est-ce que je ne suis pas une bonne patriote ? Est-ce que vous ne me connaissez pas ? Je suis Gothon, la mère Gothon, tricoteuse, je m'en vante ! J'ai vu éternuer le tyran, j'étais tout près... Ça me connaît, ça... Et puis je confesse les aristocrates... et s'ils ont des révélations à faire, c'est moi qui m'en charge !...

Et, parlant ainsi, de la main qui lui restait libre, elle se cramponnait à la charrette.

Puis levant les yeux sur les condamés :

— Oh ! le joli blond ! s'écria-t-elle.

Et elle regardait le comte Lucien des Mazures.

— Bonjour, mon fils, disait-elle, bonjour, mon amour !... Un joli garçon, ma foi ! si j'avais une fille, je la lui donnerais en mariage.

— Vraiment? fit Lucien tranquillement.

Et il regarda, à son tour, la vieille femme avec curiosité.

— Tu as bien tort de ne pas aimer la République, mon garçon, continua la tricoteuse.

— Pourquoi donc, la vieille? demanda Lucien avec un sourire dédaigneux.

— Parce qu'on va te couper le cou.

Il faisait froid, le brouillard tombait, humide et glacé, sur les épaules nues de Lucien, dont les mains, comme celles de ses compagnons d'infortune, étaient liées derrière le dos.

— Tu as froid, mon mignon? continua la trico-teuse Le fait est qu'il ne fait pas chaud, et que, pour peu que tu attendes là-bas... Quel numéro as-tu?

— Je ne sais pas, dit Lucien.

— On passe dans l'ordre des condamnations, mon petit.

— Ah! dit Lucien, qui semblait prendre une sorte de plaisir à cette conversation avec la mégère, alors je passerai le dernier.

— Tu en auras au moins pour une heure. Brrr! de ce temps-ci c'est dur, mon petit cœur. Crains-tu le froid aux pieds?

— Non, dit Lucien.

— Tu es bien heureux; moi, je ne puis pas l'endurer; c'est pour cela que j'emporte toujours ma chauffrette. Quand nous serons arrivés là-bas, je me ferai faire place et je me mettrai près de toi, ça fait que tu te chaufferas.

— Je vous remercie, fit Lucien en souriant.

La charrette roulait toujours.

Plusieurs fois les municipaux avaient voulu faire éloigner la tricoteuse; mais elle s'était cramponnée de plus belle en les injuriant.

Au coin de la rue de la Convention, ci-devant rue Royale, il y eut un nouveau temps d'arrêt.

La foule qui débouchait par quatre endroits à la fois était si pressée qu'il y eut, pendant dix minutes, un véritable désordre.

Alors la tricoteuse eut un clignement d'yeux tellement significatif à l'adresse de Lucien, qu'il ne put s'empêcher de tressaillir.

— Baisse-toi, mon petit, lui dit-elle, que je te dise un mot à l'oreille.

Instinctivement, soit curiosité, soit pressentiment, Lucien se baissa de telle façon que les lèvres de la tricoteuse arrivèrent à son oreille.

Et soudain, changeant de ton, cette femme lui dit :

— Vous êtes le comte des Mazures, n'est-ce pas?

— Oui, dit Lucien stupéfait.

— Ne craignez rien ; on vous sauvera !

C'était la deuxième fois, depuis une heure, que cette parole retentissait à l'oreille de Lucien.

Il étouffa un cri et se redressa vivement.

Mais, cette fois, la tricoteuse avait disparu.

. . . .

Cependant Benoît, Polyte et Simon Bargevin étaient au pied de l'échafaud.

Benoît n'avait pas une goutte de sang dans les veines et il était pâle comme un linceul.

Polyte lui disait :

— Tu sais pourtant que je l'aime. Eh bien ! regarde, je ne tremble pas, moi !...

Et cette confiance que le gamin de Paris avait en lui, tout en ne gagnant Benoît qu'à moitié, l'empêchait de se trouver mal.

Tout à coup une immense clameur s'éleva au milieu de cette mer de têtes qui entourait le sinistre instrument.

Cent mille voix poussèrent le même cri :

— La charrette ! la charrette !

En effet, les condamnés arrivaient. La foule s'entr'ouvrait et se refermait, se pressait, se bousculait, mais la charrette avançait toujours.

— Hé ! vieux, dit Polyte à Simon Bargevin, tu es plus solide que le bossu, toi, je vais monter sur tes épaules.

16.

Et, leste comme un chat, adroit comme un acrobate, Polyte monta sur les épaules de Simon Bargevin et s'en fit un marchepied.

— Prends-moi les jambes et tiens-moi bien! dit Polyte.

Puis il se mit à regarder par-dessus Simon Bargevin, cherchant des yeux la charrette.

Elle n'était plus qu'à dix pas de l'échafaud.

Polyte aperçut Aurore.

Aurore, souriante et hautaine en même temps, Aurore, qui levait les yeux vers le ciel, comme l'homme longtemps exilé qui aperçoit enfin dans le lointain les montagnes de la patrie.

Un groupe de condamnés la séparait de Lucien, avec qui elle n'avait pu échanger un seul mot depuis le départ du tribunal.

Polyte attacha sur Aurore un œil étincelant: l'œil du sauvage qui convoite une proie.

— Oh! qu'elle est belle! dit-il. Non, non, Brutus ne l'aura pas. Lâche-moi, Simon.

Et il se laissa couler à terre.

Puis il dit à Benoît, plus mort que vif :

— Si tu as le malheur de te laisser voir par elle avant que je te le dise, et si ensuite tu ne soutiens pas ce que je dis, elle est perdue! Mets-toi derrière moi.

— Je ferai tout ce que tu voudras, répondit Bénoit d'une voix étranglée par les sanglots.

La charrette était maintenant au pied de l'écha-faud, et on en faisait descendre les condamnés un à un.

La tricoteuse avait eu raison. On passait selon l'ordre des condamnations.

Ce fut donc la belle duchesse de L... qui monta en souriant la première les marches de l'échafaud.

— Adieu, marquis, adieu, mon bon Rouville, adieu, comte, adieu, chère Aurore, dit-elle, adieu, mes amis, et si le roi est mort, vive le roi !

Et elle se livra aux exécuteurs.

Bénoit entendit un bruit sourd, et la foule fit en-tendre un long murmure.

— Tiens-toi donc ! disait Polyte, et ne perdons pas tous la boule en ce moment.

Puis, ce fut le tour du marquis.

Le vieux gentilhomme mourut comme il avait vécu, sans peur comme il était sans reproche.

Puis, ce fut le tour du financier de Rouville.

— Ah ! fit-il en soupirant, si encore on m'avait rendu mes trente millions !

Et puis trois autres condamnés lui succédèrent un à un.

A chaque chute du couperet, Bénoit détournait les yeux et sentait ses jambes fléchir.

— Nous y sommes, cette fois, dit Polyte avec un sang-froid héroïque.

Et, en effet, c'était le tour d'Aurore, et la fière jeune fille monta lentement les marches de l'échafaud, portant haute et fière cette tête qui allait tomber!...

XXXV

Polyte était un habitué du sanglant spectacle qui se donnait chaque jour sur la place de la Révolution, et c'était peut-être l'homme le mieux renseigné sur les habitudes du citoyen Sanson, qui avait changé son nom en celui de Brutus.

Non-seulement Polyte savait qu'on suivait l'ordre indiqué par la terrible liste du greffier, mais il savait encore qu'à chaque dixième tête le panier se trouvait plein, qu'on en apportait un autre, qu'on déblayait l'échafaud et qu'on essuyait le couteau ruisselant.

Tous ces hideux détails duraient environ cinq ou six minutes et prolongeaient d'autant l'agonie du onzième condamné, lequel, debout sur l'échafaud, attendait que son tour fût venu.

Or, Polyte avait suivi avec une grande attention, au tribunal, l'ordre des condamnations.

Aurore avait été condamnée la onzième, et elle était en ce moment la onzième à monter sur la plate-forme.

Et polyte avait calculé ce temps d'arrêt qui donnait à son projet des chances de salut.

Comme la jeune fille promenait son regard tranquille sur cet océan humain, qui grondait autour d'elle, un immense murmure de pitié et d'admiration s'éleva.

Dix mile voix s'écrièrent :

— Qu'elle est belle ! qu'elle est belle !

— Oh ! la chère mignonne ! hurla la tricoteuse Gothon, qui était parvenue au pied de l'échafaud.

Tout à coup on entendit un cri féroce, un cri de désespoir surhumain, un cri de lionne dont on enlève les petits :

— Arrêtez ! arrêtez ! disait un homme qui venait de s'élancer, chose inouïe ! sur les degrés de l'échafaud, arrêtez ! elle est enceinte !...

Ce n'était pas la première fois qu'on avait ainsi arraché à la mort de belles jeunes filles sur l'épaule desquelles le bourreau portait déjà la main.

Et chaque fois que ces mots avaient retenti, la foule avait battu des mains, et il avait fallu, sous peine de voir l'échafaud renversé, le bourreu mis en pièces, les

municipaux broyés comme des fétus de paille, sur-
seoir à l'exécution.

Polyte, car c'était lui, était monté jusque sur l'échafaud et répétait d'une voix tonnante :

— Elle est enceinte ! elle est enceinte !

Et il s'était placé entre elle et les aides du citoyen
Brutus.

Aurore avait jeté un cri, elle aussi, en cri d'horreur, un cri d'indignation suprême !...

— Enceinte !

Elle, la fière et la vertueuse ! elle, la patricienne
sans tache ! elle, que Dagobert aimait !

Pendant dix secondes, elle demeura sans voix, sans
haleine et comme pétrifiée.

Puis, tout à coup, son sang se révolta, ses yeux
s'emplirent de flammes et ce fut d'une voix forte,
sonore, timbrée par la colère, qu'elle s'écria :

— N'écoutez pas ce misérable ! il a menti !...

Mais déjà la foule répétait :

— Arrêtez ! elle est enceinte !

Le bourreau et ses aides stupéfaits avaient suspendu leurs sinistres préparatifs ; le panier plein de
têtes et ruisselant de sang demeurait sur l'échafaud.

Enfin, le greffier qui assistait aux exécutions était
lui-même monté sur l'échafaud et essayait d'en faire
descendre Polyte.

Mais Polyte disait :

— Je suis un patriote, et elle est une aristocrate...
Mais ça ne l'empêche pas de m'avoir aimé... et j'ai
mes témoins... je ne veux pas qu'on tue mon enfant
qui sera un bon patriote.

—Mais hâtez-vous donc, monsieur, disait Aurore
au bourreau, cet homme est un misérable et un lâche...
et il me déshonore!...

Et Polyte répétait, s'adressant à la foule :

— Si vous ne me croyez pas, vous croirez peut-être
mes témoins... Avance ici, Benoît!

Alors Simon Bargevin poussa le bossu tout tremblant jusqu'au pied de l'échafaud.

Aurore l'aperçut.

— Benoît! murmura-t-elle défaillante.

— C'est vrai, disait Benoît d'une voix mourante, elle
est enceinte!...

Alors, Aurore chancela et s'affaissa sur la plate-
forme de l'échafaud en poussant un sourd gémisse-
ment.

Et la foule de hurler :

—C'est vrai! c'est vrai!...

Le greffier, le bourreau, les municipaux redoutaient
une de ces tempêtes populaires qui sont bien plus terribles que celles de l'Océan.

Les tricoteuses elles-mêmes demandaient la vie
d'Aurore.

Le greffier fit un signe. On prit la jeune fille éva-
nouie et on la porta dans la charrette.

— Qu'on la ramène en prison ! dit-il.

La foule battit des mains et Polyte descendit triom-
phant de l'échafaud.

— Quand je te le disais, camarade, que je la sauve-
rais, disait-il.

.   ⸗   ⸰   .   ⸗   ⸗   .   •   .   •   .   •

Du moment où on ne guillotinait pas Aurore, la
foule s'apaisa subitement.

Un instant émue de pitié, elle redevenait féroce, et
l n'y avait plus de raison pour elle de s'opposer à la fin
du spectacle.

Le bourreau et ses aides eux-mêmes avaient retrouvé
leur sang-froid et se hâtaient de réparer le temps
perdu.

On fit monter le douzième condamné, devenu le
onzième, et sa tête tomba.

Pendant ce temps, Lucien était avec les autres au
pied de l'échafaud ; et, chose bizarre, il avait retrouvé
derrière lui la tricoteuse Gothon.

Celle-ci lui disait à l'oreille :

— Je vais te chauffer les mains d'une drôle de
façon. Mais si tu te brûles, ne crie pas. Cela fait encore
moins de mal que le couteau.

Et elle avait placé son gueux plein de charbons
enflammés au-dessous des mains de Lucien liées der-

rière son dos, de façon que le feu attaquât la corde qui les attachait.

Lucien ne savait pas ce que voulait faire cette femme, mais depuis qu'il avait vu sa cousine Aurore échapper si miraculeusement à la mort, il s'était repris au désir de vivre, et il supportait héroïquement le contact du feu.

La corde noircissait et se carbonisait lentement, sans que personne y fît attention, car tous les regards étaient concentrés sur la hideuse machine.

La seizième tête venait de tomber ; encore une, et ce serait le tour de Lucien.

Alors Gothon lui dit tout bas :

— Tout à l'heure, il va y avoir un fameux grabuge, tu verras...

— Eh bien ? dit Lucien.

— Le cordon des municipaux sera encore rompu et le peuple t'entourera.

— Et puis ?

— On te jettera un manteau sur les épaules et on te mettra un chapeau sur la tête.

— Qui donc ?

— Ceux qui, comme moi, veulent te sauver donc.

— Et... alors ?

— Alors tu donneras une forte secousse avec tes poignets ; la corde est brûlée, elle cassera.

— Bon !

— Et tu t'en iras tranquillement.

Et comme elle disait cela, Gothon cessa de tenir son gueux à la hauteur des poignets de Lucien

La dix-septième tête venait de tomber ; le dix-huitième condamné était déjà sur le plancher.

— Attention !... dit Gothon, tu vas voir le grabuge.

Lucien ne comprenait pas, mais un immense espoir lui emplissait le cœur.

Le bourreau déroulait en ce moment la ficelle qui devait lâcher le couperet.

— Tu vas voir ! dit Gothon.

En effet, le couperet tomba, mais le bruit sourd qui succédait à chacune de ses chutes ne se fit pas entendre : il s'était arrêté au milieu de son parcours.

La machine était détraquée !

La foule se reprit à hurler.

Le patient, calme et résigné jusque-là, entendant le couteau s'arrêter, avait poussé des cris.

On remonta le couperet.

Il retomba et s'arrêta encore.

Alors le patient, ivre d'épouvante, se prit à secouer la lunette avec fureur.

Pour la seconde fois la foule fut émue; les plus féroces se sentaient touchés par les hurlements du patient, et il se fit un mouvement autour de l'échafaud qui renversa les municipaux et amena le peuple dans le centre resté vide et où seule, Gothon, la tricoteuse privilégiée, était parvenue à se glisser.

Ce fut comme l'irruption d'un fleuve grossi qui brise ses digues.

Le comte Lucien des Mazures, tout à l'heure entouré de soldats, se trouva au milieu de la foule.

— Casse ta corde et file, lui dit Gothon.

Et en même temps, le même homme qui s'était approché de lui au moment où il sortait du tribunal et lui avait dit : « Nous vous sauverons ! cet homme se trouva à ses côtés, lui jeta lestement son manteau sur les épaules et lui dit :

— Filons !

Puis il l'entraîna à travers la foule, après lui avoir mis une casquette sur la tête, en disant :

— Jamais les masques rouges n'ont laissé tomber une tête dont ils avaient répondu !...

Lucien était sauvé !...

.   .   .   .

Et pendant que le comte Lucien des Mazures échappait ainsi à la mort, Polyte entraînait Benoit et Simon Bargevin vers un cabaret.

Et Polyte disait :

— Du moment que j'ai su qu'elle avait le numéro 11, j'étais bien sûr de mon affaire.

— Mais on va la reconduire en prison, dit Benoit.

— Ah! ça, oui.

— Et demain...

— Oh! non, dit Polyte, pas demain... pas avant huit jours... et d'ici là, nous la sauverons, tu verras!...

Polyte, en parlant ainsi, songeait à la citoyenne Antonia qui avait tant de crédit, et Polyte ne savait pas que la citoyenne Antonia avait juré la mort d'Aurore.

XXXVI

Tandis qu'on transportait, ce même matin-là, le citoyen Paul évanoui dans l'officine d'un apothicaire du voisinage, le père Bibi s'était prudemment esquivé, après qu'un bourgeois de son quartier, lui frappant sur l'épaule, lui eut dit avec un sourire moqueur :

— Farceur! vous nous direz encore que vous n'êtes pas de la police!

La foudre tombant sur sa tête, un abîme s'ouvrant sous ses pas, eussent moins terrifié le citoyen Bibi que ces simples paroles.

Quoi! depuis vingt ans cet homme, un des plus habiles limiers de la police, était parvenu à se faire une réputation de bourgeois inoffensif.

Quoi ! la rue Montorgueil, celle du Petit-Carreau et toutes les rues avoisinantes étaient persuadées que Bibi pleurait encore la boulangère !

Et un homme viendrait qui dirait : Celui que vous preniez pour un honnête et paisible rentier, n'est qu'un vil délateur, un espion infâme qui livre les femmes et les filles à l'échafaud !

Bibi se disait tout cela en courant à toutes jambes dans la direction des Halles.

Certes, il ne songeait plus ni à son ami le citoyen Paul, ni à la fille de ce dernier, victime de sa maladresse et qui allait périr, ni aux moyens de la sauver.

Non, Bibi ne songeait plus qu'à lui-même.

Il se voyait hué, chassé, massacré peut-être par une foule furieuse.

Adieu sa partie de dominos, et son café de petits rentiers, et son restaurant modeste où il dînait si bien pour une livre dix sols, et son petit appartement dans lequel il avait passé vingt ans !

C'est chose bizarre que les coquins tiennent si fort à la considération.

On eût nommé Bibi chef de la police secrète qu'il n'eût pas accepte.

Bibi voulait bien être de la police, mais il tenait à sa petite réputation.

Et le bonhomme se disait et se répétait cela, courant toujours, et il arriva ainsi de l'autre côté des ponts, à l'entrée de la rue Montorgueil.

Alors il s'arrêta et regarda autour de lui.

Il croyait encore entendre vibrer à son oreille la voix moqueuse du bourgeois l'accusant d'être de la police.

Ce fut en relevant le collet de son carrick, en rasant les murs et marchant d'un pas pressé, lui si tranquille d'ordinaire, qu'il arriva rue du Petit-Carreau.

Il ne se donna pas la peine de jeter un coup d'œil dans la boutique de la blanchisseuse, où, d'ailleurs, il ne restait plus que la mère Bargevin et Jeanne, en proie toutes deux à une vive douleur.

Il monta rapidement chez lui, s'enferma et se mit à bouleverser les tiroirs de ses meubles.

Dans l'un il prit du linge, dans l'autre ses vêtements, dans un troisième un sac de louis dissimulé dans un double fond, et il en vida le contenu dans une large ceinture de cuir qu'il boucla autour de ses reins.

Bibi voulait quitter Paris.

En moins d'une heure il eut entassé quelques hardes dans deux petites valises qu'il prit à la main, puis il descendit de chez lui avec un battement de cœur.

Il lui semblait que la rue était déjà pleine de monde et qu'on lui criait :

— Espion! assassin de la boulangère, va-t'en !

Comme il arrivait au seuil de la porte, il vit une voiture de place qui passait à vide.

Bibi héla le cocher, et celui-ci s'empressa de s'arrêter.

L'homme de police jeta ses deux valises dans le fiacre, y monta vivement et dit :

— Rue Saint-Honoré !

Le cocher n'avait pas besoin du numéro. Du moment où Bibi était armé de deux valises, c'est qu'il allait en voyage.

Or, il y avait dans la rue Saint-Honoré, en face de celle de l'Arbre-Sec, une immense cour avec une porte cochère sur laquelle on lisait :

Messageries et roulage pour tous pays.

Bibi paya le cocher, mit pied à terre et, ses deux valises sous le bras, il entra dans la cour.

Une patache attachée de deux chevaux était prête à partir.

Déjà les voyageurs étaient montés, le conducteur sur son siége, et un homme en carmagnole, une plume derrière l'oreille, les bras couverts de larges manches en lustrine verte, faisait l'appel une feuille à la main.

— Il y a encore une place d'intérieur retenue au nom du citoyen Trumeau, disait-il.

— C'est moi, dit hardiment Bibi.

Et il monta.

Où allait la patache? Il ne le savait pas ; mais que lui importait, pourvu qu'il quittât Paris?

— Huit livres dix sols, dit l'employé.

Bibi paya, et la patache sortit de la cour, croyant emmener le citoyen Trumeau, lequel sans doute était en retard.

La patache suivit un moment la rue Saint-Honoré, puis elle gagna la rue Montmartre, puis enfin elle traversa les boulevards, se dirigeant vers la Grande-Villette et la route de Flandre, par conséquent.

C'était la diligence de Paris à Arras.

A mesure que la patache s'éloignait de Paris, l'agitation du père Bibi se calmait insensiblement, et il commençait à se demander pourquoi il était parti.

En effet, en admettant qu'on sût dans le quartier Montorgueil qu'il était de la police, était-ce une raison pour quitter Paris?

Depuis longtemps les dernières maisons des faubourgs avaient disparu et la patache roulait bon train.

Le prétendu citoyen Trumeau avait pour vis-à-vis dans la voiture une grosse femme rougeaude qui lui dit:

— Vous allez à Arras, citoyen?

— Oui, répondit Bibi, qui apprit ainsi que la voiture allait à Arras. Mais je m'arrêterai peut-être en route.

— Je m'en doute, dit la grosse femme.

Bibi tressaillit.

— Je vous connais bien, dit-elle d'un air fin.

Bibi devint livide.

— Vous êtes mercier, rue Saint-Denis, poursuivit-elle. On n'a pas besoin de vous avoir vu pour vous connaître. La maison Trumeau, à l'enseigne du *Bonnet de coton*, tout le monde connaît ça.

Bibi respira. Il apprenait en même temps que le citoyen Trumeau dont il prenait la place et empruntait par conséquent le nom, était mercier.

La grosse femme paraissait jouir elle-même d'une certaine considération parmi les voyageurs.

Bibi s'en trouva plus à l'aise.

— Vous vous arrêterez sans doute à Pontoise, où vous devez avoir des correspondants, dit-elle.

— En effet, balbutia le faux Trumeau.

— Du reste, reprit-elle, car elle était bavarde comme une pie-borgne, la voiture vous donnera bien le temps de faire vos affaires. On arrive à Pontoise vers quatre heures et on s'arrête pour dîner. Avec une bouteille de vin et une pièce de trente sous qu'on donne au conducteur, il vous laisse deux ou trois heures de repos.

— Pardon, citoyenne, dit un autre voyageur, je croyais que la voiture dans laquelle nous sommes portait les dépêches.

— Il est vrai, citoyen, mais elle n'en est pas plus pressée pour ça.

— Alors, dit Bibi qui commençait à se repentir sérieusement d'avoir quitté Paris et d'avoir surtout, dans un premier moment d'égarement, abandonné son ami le citoyen Paul, alors, vous pensez, citoyenne, que nous aurons deux ou trois heures à Pontoise?

— Peut-être bien...

Bibi ne souffla plus mot.

La grosse femme s'en dédommagea en prenant à partie deux autres voyageurs.

A mesure que le calme revenait dans son esprit, Bibi se disait que son absence allait faire plus de scandale que tous les cancans que pourrait faire le bourgeois qui lui avait inspiré une si grande terreur.

Puis il songeait à son ami Paul et à la malheureuse jeune fille qui, à cette heure, avait sans doute payé de sa vie sa méprise à lui, Bibi.

Il était tombé dans un silence farouche et, penché à la portière, il regardait machinalement la campagne désolée des jours d'hiver.

La patache, bien que faisant le service des dépêches, allait lentement.

Elle mit six heures pour arriver à Pontoise.

Ces six heures avaient été fécondes en réflexions pour Bibi et il s'était arrêté à un parti qui ne manquait pas de sagesse.

'arrêter à Pontoise et y attendre que la voiture venant d'Arras vînt à passer.

Alors, il monterait dedans et reprendrait la route de Paris.

La patache entra dans la cour de l'hôtel du *Grand-Cerf*.

Le dîner de la table d'hôte était servi.

La grosse femme s'obstinait à prendre Bibi pour le citoyen Trumeau ; il se plaça à côté d'elle, et la conversation recommença, roulant sur des banalités

Mais elle fut bientôt interrompue par un grand bruit qui se fit dans la cour de l'hôtellerie.

Un bruit de roues, de grelots, de claquements de fouet.

— C'est l'*Artésienne* qui nous rattrape, dit un des voyageurs de la patache.

— Qu'est-ce que l'*Artésienne*? demanda la grosse femme.

C'est la concurrence de la voiture qui nous a amenés, répondit un autre voyageur. Elle part de Paris deux ou trois heures après nous, mais elle va bon train.

Comme Bibi écoutait cette explication, une demi douzaine de nouveaux voyageurs amenés par l'*Artésienne* entrèrent dans la salle.

La conversation s'engagea alors et devint générale.

— A quelle heure êtes-vous partis? demanda un des voyageurs de l'*Artésienne*.

— A neuf heures, dit la grosse femme.

— Alors, vous ne savez rien.

— Plaît-il?

— Vous ne savez rien du tapage qui s'est fait à la place de la Révolution, ce matin?

Bibi tressaillit.

— A propos de quoi donc, ce tapage? demanda-t-il.

— Le peuple a voulu renverser l'échafaud.

— Pourquoi?

— Parce qu'on voulait guillotiner une belle jeune fille qui était enceinte.

Une sueur froide perla au front de Bibi

— Et, dit-il, l'a-t-on guillotinée?

— Non.

Bibi respira.

Pourtant, qui pouvait lui dire que la jeune fille dont on parlait était Aurore, la fille de son ami le citoyen Paul?

XXXVII

Le voyageur prodigue de nouvelles continua :

— On ne parle que de cela dans Paris, j'en suis bien sûr.

— Vraiment ! dit une autre personne assise à la table d'hôte. Elle était belle, cette jeune fille?

— Une beauté de reine.

— Blonde? demanda Bibi.

— Non, brune.

— Sait-on son nom?

— J'ai entendu les deux, mais je ne me rappelle que le petit : Aurore...

Bibi eut un tel battement de cœur en ce moment, que ses voisins eussent pu entendre résonner sa poitrine, si leur attention n'eût appartenu tout entière au narrateur.

— Et de qui était-elle enceinte?

— Mais, dit le voyageur, je crois bien que c'était pour la sauver qu'on a dit cela.

— Ah !

— Elle s'en est défendue... elle demandait la mort... mais le peuple n'a pas voulu.

— Ce n'est pas la première fois que ces choses-là arrivent, dit la grosse femme qui persistait à appeler Bibi le citoyen Trumeau.

— Oui, dit un autre, quelquefois c'est vrai... Mais d'autres fois aussi c'est un mensonge.

— Alors qu'arrive-t-il? demanda un autre voyageur.

— Quand un médecin a reconnu la fraude, on renvoie la demoiselle à la guillotine.

— Le lendemain?

— Oh non! dit le narrateur, cela dure au moins huit jours.

— Pourquoi?

— Parce que le médecin fait un rapport au directeur de la prison.

— Bon !

— Le directeur en adresse un autre à l'accusateur public.

— Et puis?

— L'accusateur public présente une requête au tribunal, qui prononce un nouveau jugement. Tout cela dure sept ou huit jours.

Bibi, d'abord très-pâle, était maintenant rouge comme un coq.

Ah! comme il se repentait d'avoir quitté Paris et d'avoir abandonné son ami le citoyen Paul!

Pontoise n'est qu'à sept lieues de Paris; mais les routes étaient mauvaises, et il fallait attendre maintenant que la diligence d'Arras vînt à passer.

Mais Bibi était bien décidé à ne pas aller plus loin et à rentrer à Paris dans la nuit.

La grosse femme avait quelque peu exagéré les choses en disant qu'on s'arrêtait deux ou trois heures à Pontoise, car le conducteur de la patache et celui de l'*Artésienne* entrèrent dans la salle au bout d'une heure et demie.

— Allons, citoyens, en voiture!

— Déjà! fit la grosse femme.

— Les routes sont effondrées par les pluies, dit l'un des conducteurs; nous sommes obligés de nous presser un peu.

La grosse femme regarda Bibi.

— Mais, citoyen Trumeau, dit-elle, vous n'aurez pas le temps de faire vos affaires à Pontoise?

— Aussi, je reste, madame.

— Vous perdrez donc votre place? dit un des voyageurs de la patache.

— Oh! cela lui est bien égal, dit la grosse femme, qui avait décidément une grande admiration pour les bonnetiers; quand on s'appelle Trumeau, on a du foin dans ses bottes.

Les voyageurs se mirent à rire et quittèrent la table.

Seul, Bibi acheva tranquillement de souper, tandis que les deux diligences sortaient de la cour et que les postillons faisaient claquer leur fouet.

Bibi avait bien perdu la tête pendant quelques minutes, mais le sang-froid de l'agent de police lui revenait peu à peu.

Or, si ce que le voyageur avait dit était vrai, Aurore, reconduite en prison, avait huit jours devant elle, et Aurore, fille du citoyen Paul, serait sauvée.

Seulement, il n'y avait pas de temps à perdre, il fallait que Bibi revînt à Paris le plus tôt possible.

A mesure que le calme revenait dans son esprit, Bibi trouvait qu'il avait agi comme un véritable enfant.

Un bourgeois de la rue Montorgueil l'avait accusé d'être de la police, cela était vrai.

Mais cet homme, qui avait eu un moment de courage, oserait-il l'accuser?

Ne se dirait-il pas, en homme prudent et timoré comme doit l'être un vrai bourgeois, qu'il est de certaines choses qu'il faut garder pour soi; et Bibi n'aurait-il pas eu un auxiliaire dans la peur qu'il aurait inspirée?

Et puis enfin, quelle preuve le bourgeois aurait-il à fournir contre lui?

Est-ce qu'on ne connaissait pas Bibi dans le quartier depuis plus de vingt ans?

Quand il se fût dit tout cela, Bibi termina le discours qu'il se tenait à lui-même.

— J'ai été un peu fou, il faut en convenir.

Et il acheva son souper de fort bon appétit.

Une chose pourtant l'inquiétait encore.

Comment expliquerait-il son absence, non-seulement aux gens de la maison qu'il habitait, rue du Petit-Carreau, mais encore aux habitués de son café, ses partners au domino, et à ceux du restaurant dans lequel il prenait régulièrement ses repas?

Mais Bibi était en veine de lucidité, et il se répondit aussitôt :

— Eh bien! quisque je suis rentier, c'est tout simple, je suis allé en province toucher mes rentes.

Dès lors Bibi n'eut plus qu'une pensée, monter dans l'*Artésienne* descendante et retourner à Paris.

L'Artésienne passait à huit heures du soir. Il en etait sept.

Bibi n'avait donc plus qu'une heure à attendre.

Il s'alla promener par la ville pour tuer le temps; et tout en se promenant, il songeait aux moyens de délivrer Aurore.

La chose, facile à première vue, si on songeait que le citoyen Paul avait rendu de grands services à la

République, présentait cependant de sérieuses difficultés.

En effet, pour obtenir la grâce et l'élargissement de sa fille, il lui faudrait déclarer son vrai nom.

Ensuite, la citoyenne Antonia, toute puissante pour le moment, contrebalancerait certainement, et peut-être avec un certain avantage, l'influence du citoyen Paul.

Tout à coup Bibi fit cette réflexion :

— Je suis un idiot : c'est Aurore et non pas l'autre qui aimait le capitaine Dagobert. J'aurais dû m'en douter, et la preuve en est que c'est elle qui est allée au rendez-vous donné par le faux Dagobert.

Mais le vrai Dagobert sera plus puissant que le citoyen Paul et que la citoyenne Antonia, car il vient de se couvrir de gloire au service de la République, et les représentants ne refuseront rien à un homme comme lui.

Le tout est de mettre la main sur le capitaine Dagobert.

Où est-il ?

A l'armée de Sambre-et-Meuse, sans doute ; une fois à Paris, je revois Paul ; nous envoyons un courrier au capitaine ; il arrive à temps et...

Le monologue de Bibi se trouva subitement interrompu.

Il vit apparaître dans le lointain, car il était alors

dans la Grande-Rue de Pontoise; il vit apparaître, disons-nous, un fanal qui s'avançait rapidement.

C'était le fanal de l'*Artésienne* descendante.

La voiture, traînée par trois chevaux, arrivait avec rapidité, et Bibi se gara pour la laisser entrer dans la cour du *Grand-Cerf*.

— Conducteur, dit-il, au moment où la voiture s'arrêtait, avez-vous une place pour Paris?

— Oui, citoyen.

— Je la prends.

Et Bibi courut chercher ses valises.

— Oh! lui cria le conducteur, vous avez le temps, citoyen; nous nous arrêtons ici trois quarts d'heure.

Les voyageurs étaient descendus et entraient à leur tour dans la grande salle de l'auberge, où l'on avait dressé de nouveau la table.

Ils étaient peu nombreux, du reste, mais Bibi tressaillit en voyant parmi eux un officier qui portait l'uniforme de l'artillerie.

C'était un grand et beau garçon, au teint bistré, aux cheveux noirs et un peu crépus, à la stature herculéenne.

Il avait l'œil bleu et la physionomie calme et douce d'un lion au repos.

Bibi le regardait avec une persistante attention.

Et, bien qu'il eût soupé, il se remit à table, à seule fin d'être à côté de l'officier.

— Pardon, citoyen, lui dit-il, vous venez d'Arras ?

— Non, de plus loin, citoyen.

— De l'armée de Sambre-et-Meuse, peut-être ?

— Oui, citoyen.

— Nos armées ont livré une grande bataille, il paraît, continua Bibi.

— Oui, il y a cinq jours.

— Et, comme toujours, nous avons été victorieux ?

— Oui, citoyen.

Bibi avait repris sa physionomie de bourgeois débonnaire, et il poursuivit :

— Excusez-moi, citoyen, mais je suis patriote dans le bon sens du mot, et curieux comme un enfant de Paris. Connaîtriez-vous un homme dont toutes les gazettes parlent depuis trois jours ?

— Quel homme ? demanda l'officier.

— Un capitaine qui a défendu un pont et qui a assuré ainsi le gain de la bataille.

— Oh ! dit l'officier en souriant, on eût gagné la bataille sans cela.

— N'importe, dit Bibi c'est un héros ! Le connaîtriez-vous ?

— Qui cela ? fit l'officier souriant toujours.

— Le brave capitaine Dagobert.

— C'est moi, dit simplement l'officier.

Bibi ne jeta pas un cri, mais il sentit tout son sang fouetter ses veines et affluer à son cœur.

Pas un muscle de son visage n'avait tressailli, et il se garda bien, en ce moment, de crier à Dagobert, car c'était lui, cette fois :

— Vous êtes le capitaine Dagobert, vous aimez Aurore et Aurore vous aime, et Aurore est en danger de mort, il faut que vous la sauviez!

Non, Bibi demeura impassible.

Seulement, quand l'*Artésienne* repartit, il monta dans la voiture et s'installa auprès du capitaine, se promettant bien de ne plus le quitter.

XXXVIII

L'*Artésienne* arriva à Paris vers quatre heures du matin.

Son bureau était rue du Four-Saint-Honoré.

Pendant tout le trajet, le père Bibi avait gardé un silence presque absolu.

Dagobert, de son côté, paraissait fort las, et, au sortir de Pontoise, il s'était endormi.

Comme le pavé de la grande ville succédait à celui de la route, le capitaine s'éveilla.

Alors Bibi jugea qu'il était temps de lier conversation avec lui.

— Où descendez-vous, capitaine? lui demanda-t-il.

— Je ne sais pas, répondit Dagobert, dans le premier hôtel venu. Je ne fais, du reste, que traverser Paris.

— Ah! fit Bibi. Vous avez un congé, sans doute?

— Un congé de quinze jours, et j'en profite.

— Pour aller voir votre famille?

Dagobert eut un sourire triste.

— Je n'ai pas de famille, dit-il.

— Vos amis, alors?

— Oui, mes amis... et, dit Dagobert en soupirant, je ne sais pas si je les trouverai...

Les lanternes de la diligence projetaient leur lueur rougeâtre à l'intérieur de la voiture et éclairaient la figure paterne et « respectable » de Bibi.

Dagobert se sentit pris d'une certaine confiance en lui. Et puis, l'ancien forgeron devenu soldat avait conservé sa nature franche et expansive

Bibi avait l'air d'un brave homme. Dagobert, l'homme couvert de gloire, avait besoin d'ouvrir à quelqu'un ses chagrins et les soucis de son âme.

— Oui, répéta-t-il en soupirant, mes amis que j'ai laissés, les retrouverai-je?

— Pourquoi ne les retrouveriez-vous pas, capitaine?

— Hélas ! nous vivons en un temps, reprit Dagobert, où l'on n'est jamais sûr du lendemain.

— Oh ! les aristocrates, oui.

Et Bibi, regardant Dagobert, lui dit en souriant :

— Vous êtes un enfant du peuple, j'imagine ?

— Avant d'être soldat, j'étais forgeron, répondit
simplement Dagobert.

— Par conséquent, vos amis sont comme vous ?...

Dagobert ne répondit pas.

— Et allez-vous loin de Paris ? demanda encore
Bibi.

— A quarante lieues environ.

— Dans l'Orléanais, peut-être ?

Dagobert tressaillit.

— Qui vous l'a dit ? fit-il.

— Mon cher capitaine, dit Bibi avec un fin sourire,
on ne devient pas un héros impunément. Vous croyez
donc que toute la France ne vous connaît pas, à
présent ?

— Mais... fit Dagobert interdit, comment peut-on
savoir que je vais dans l'Orléanais ?

— On sait que c'est votre pays.

— Ah !

— Votre biographie est dans les papiers publics.

— Est-ce possible ?

Et Dagobert fronçait le sourcil

— Tout à l'heure, continua Bibi, quand nous serons arrivés, je vous dirai bien autre chose.

— Quoi donc?

— Chut! fit Bibi d'un ton de mystère.

Et il prit la main du capitaine, et, la serrant, il lui dit :

— Ce n'est peut-être pas le hasard qui m'a jeté sur votre chemin.

— Que voulez-vous dire?

— Patience! vous saurez tout...

Dagobert était singulièrement intrigué.

Mais Bibi ne voulut pas s'expliquer davantage.

Enfin, la voiture s'arrêta dans la cour du bureau

Alors Bibi se pencha à l'oreille de Dagobert.

— J'ai à vous dire des choses que nul ne peut et ne doit entendre.

— Qui donc êtes-vous?

— Oh! fit Bibi en sautant lestement à terre, mon nom ne vous apprendrait pas grand'chose; mais venez...

Et il l'entraîna dans un coin de la cour.

Alors sa physionomie débonnaire prit subitement un air de gravité.

— Avant d'entendre ce que j'ai à vous dire, capitaine, fit-il, persuadez-vous bien d'une chose

— Laquelle?

— C'est que votre acte d'héroïsme qui vient de

vous mettre en lumière, qui fait que votre nom est dans toutes les bouches, vous rend tout-puissant en ce moment. Ce que vous demanderez, vous l'obtiendrez.

— Mais que voulez-vous donc que je demande?

— Attendez.

Ils étaient bien seuls en ce moment, et les voyageurs qui entouraient la voiture, occupés à réclamer leurs bagages, ne faisaient nulle attention à eux.

— Vous êtes bien le capitaine Dagobert, le héros de la dernière bataille, l'ancien forgeron?

— Oui, dit Dagobert.

— Vous aimiez une femme...

Dagobert pâlit.

— Une jeune fille, une aristocrate...

— Comment savez-vous cela? murmura Dagobert d'une voix étranglée.

— Elle se nomme la comtesse Aurore des Mazures, poursuivit Bibi avec un singulier accent d'autorité.

Dagobert étouffa un cri.

— Elle a une sœur du nom de Jeanne...

— Taisez-vous! fit Dagobert, qui jeta un regard d'épouvante autour de lui.

— Eh bien, dit Bibi, il faut la sauver.

— La sauver! exclama Dagobert qui sentait ses genoux fléchir.

— Oh! fit Bibi, vous n'avez pas pâli devant la

mitraille, pâlirez-vous donc devant les menaces de la destinée?

Et il lui serra la main avec force.

— Quand vous m'avez rencontré à Pontoise, pour suivit l'homme de police, j'allais à l'armée de Sambre-et-Meuse, ou plutôt j'allais à votre rencontre.

— Qui vous envoyait?

— Ceux qui, comme vous, s'intéressent au sort de la comtesse Aurore.

— Mais, balbutia Dagobert, elle est donc en danger?

— Oui.

Les veines du cou de Dagobert se gonflaient. On eût dit un taureau s'apprêtant à défendre contre les animaux carnassiers le troupeau de génisses confié à sa garde.

— Vous n'irez pas dans l'Orléanais, reprit Bibi.

— Et pourquoi donc? s'écria Dagobert.

— Parce que la comtesse est à Paris.

— A Paris !

— Arrêtée, emprisonnée... condamnée à mort !

Dagobert chancela. Mais ce fut un mouvement de faiblesse qui eut à peine la durée d'un éclair.

— Oh ! dit-il, la République pour qui j'ai versé mon sang me doit compte du sien.

— C'est précisément parce que vous êtes le seul

homme à qui la République ne peut refuser la grâce d'Aurore, que je vous avertis, dit Bibi.

Le calme de cet homme avait passé subitement dans l'esprit et dans le cœur de Dagobert.

Le héros reparaissait et se sentait capable d'accomplir des prodiges pour sauver celle qu'il aimait.

— Monsieur, dit-il, prenant à son tour les mains de Bibi dans les siennes, encore un mot

— Parlez.

— Où est Aurore?

— A l'Abaye.

— Et Jeanne?

Cette question fit tressaillir Bibi.

— Elle est libre, dit-il enfin.

— Et à Paris aussi?

— Oui.

— En quel endroit?

— Voilà ce que je vous dirai dans quelques heures.

— Pourquoi pas tout de suite?

— Parce que je l'ignore. Mais je le saurai.

Bibi ne vouloit rien décider à l'égard de Jeanne avant d'avoir vu le citoyen Paul, si tant il était toutefois que le malheureux père eût survécu à la foudroyante nouvelle qu'il lui avait donnée la veille au matin.

— Capitaine, continua-t-il, il y a dans la rue Saint-Honoré un hôtel où je vous engage à descendre, c'est l'hôtel de Champagne et de Picardie. C'est là que j'irais vous retrouver à onze heures précises. Jusquelà, tenez-vous tranquille, il n'y a pas péril en la demeure.

Le capitaine ressemblait en ce moment à un ange foudroyé.

— Bon espoir ! acheva Bibi en lui serrant la main. Ne me demandez pas mon nom... c'est inutile...

Et, ses deux valises à la main, il se sauva en courant.

FIN DU PREMIER VOLUME.

Poissy. — Typ. S. Lejay et Cie.

www.ingramcontent.com/pod-product-compliance
Lightning Source LLC
Chambersburg PA
CBHW070212030726
47505CB00006B/1651